目錄

關於《時間精靈》 3
《時間精靈》與我 4
「時間碎片」 19
第一稿：《巫女傳說——月之國》 20
《巫女傳說——月之國》故事大綱 21
二零零三年：《巫女傳——月之國》 25
《巫女傳——月之國》 31
二零零九年：《巫師傳——月之國》 68
孕育巫女的「靈皇店」 79
《巫師傳——月之國》「靈皇店」 83
憂傷的「花神咖啡館」 88
二零一三年：沒有「陳子君」的《時間精靈》 92
二零一四年：當「陳子君」遇上「時間精靈」 95
港鐵車廂內的穿越之旅 99
無聲的語言 104
憶・往事 106
「寂寞是一條長蛇」 116
舞舞舞吧，精靈們 122
一封給穿着畢業袍在香港中文大學新亞書院水塔前留影的那個自己的信 138

關於《時間精靈》

很多令人悲傷的事情都只有入口，沒有出口。人們受創碎裂的心倘若未能再盛載愛的種子，而變成積壓層層怨恨的黑洞，就會軟弱地被牽引至「墮落」，最終毀滅別人、埋葬自己。

《時間精靈》裏的虛構人物，都經歷了不少挫折和困惑，他們做錯過抉擇，也怨過恨過絕望過，幸好在流淚和傷痛過後，終於找到出口，變得更堅強、成熟，帶着纍纍傷痕，重新出發。

《時間精靈》的起點是「失望」，終點是「希望」。我覺得不管活得多苦，仍然最好是微笑以對。這不是假，而是相信苦難過後，就是「悟」和獲得「大智慧」的時刻。我相信過了這個「時刻」後，我們所得到的喜樂，足以抵銷從前所有的不如意。

《時間精靈》與我

對於生活，我是一個很隨遇而安的人，但對於所愛的事物，我卻是一個希望努力地讓其變得完美的人。

寫作，是滋養我生活的甘泉。對我而言，寫小說，不只是說故事那麼簡單，而是要創造一個屬於自己的幻想世界，這個世界包括一些生活中值得懷念、帶來衝擊的感性時刻和對幸福的憧憬、追求。

雖然從前沒有想過會出版小說，但是當你真心愛做一件事情，你就會毫無目的、孜孜不倦地付出，希望讓它日臻完美。

自大學年代，我已經想寫一本小說，不為出版，只為「想寫」。我視這本小說為第一本小說，也是最後一本小說：像寫一部連續劇，希望一輩子都在寫它，直至無力再寫下去。不過，萬事起頭難，當時苦於無從開始，因為確定不了想寫的故事類型。我鍾愛神話、傳說、童話等文學作品，也愛戲曲這種民間藝術。愛情小說、校園小說、武俠小說、歷史小說……都不能完全符合我的喜好。

直至《魔戒》系列火遍全球，也震撼了我的心——這正是我所嚮往的長篇幻想鉅著！雖然知道自己平庸極了，但也會做夢：想寫一部長篇幻想鉅著。人人都有權做夢的，對嗎？就算寫不出鉅著，也可以寫個故事人物居住在虛構世界裏的幻想故事，並在故事內容加入神話、傳說、童話故事、戲曲……的材料。

二零零三年，「非典型肺炎」肆虐香港，令我頓感人生無常，所以就用功地提筆創作，希望完成寫一本小說的心願，因此寫了《時間精靈——巫女現身》的第一稿《巫女傳——月之國》。我的本意是寫一部六冊、氣勢磅礴的幻想故事（當然，「眼高手低」這四個字最後不可避免地會砸下本人頭上），巫珈晞的故事是最早開始構思的，起初巫珈晞曾叫做巫小晴。

不過，二零零四年，我懷孕生子了。「創作」，這種不着邊際的事情，也就只好暫時犧牲掉。後來，因為跟兒子說牀邊故事，所以我又樂此不疲地搜集資料、反覆修改，為這個故事加入更多有趣的元素。

感激家長和學生的厚愛，我在二零零八那個學年獲得了「我最喜愛的老師」這獎項，感到開心之餘，也覺得自己的教學生涯難再有突破，於是希望在此美好時刻，開始計劃人生的新一頁。所謂的新方向，就是去實現創作夢，所以我又找出了那本寫了多年的小說，重新修訂。從二零零九年的稿件可見，我仍保留了巫珈晞這條主線，但刪減了校園生活的部分。但是，在往後的幾年，我不斷生病，更在鬼門關走了一趟，所以一直未能完稿，又也許，正因為這樣，我更渴望寫完這個故事。回想當時的心境，竟有點兒像在寫遺作，因為當時是毫無保留地傾盡所能去寫的。

二零一三年，完成了《着魔者》，那時候，巫言、巫珈晞、孋姬、務相、白茉莉、彩蝶、高陵等主要人物的外貌和情節發展，都跟後來大致相同。

這一集下了大量伏筆，因為我打算一直寫一直寫，寫半輩子，都是寫這個故事。我說過，就算寫不出「鉅著」，也要寫部長篇幻想小說的。如果肯用餘下的人生來寫，我覺得像我這麼笨的人也肯定會寫出一部長篇幻想小說來的。但是，我並沒有熱切地想去出版，打算寫完就算了。

這一集，我看了又看，總覺得內容方面缺少了很重要的東西，又一時間說不出是缺了甚麼。最後，我發現原來是缺少了我自己，於是將「子君」寫了進去，重新編排所有內容。因此，後來交給出版社的稿件，已經有了「陳子君」，只是仍然未有「緣起」、「受託」及「緣滅」這些章節標題。

《時間精靈》由二零零三年完成第一集的第一稿，到二零一四年出版第一集，共歷時十一年，由出版第一集至二零一九年完成第四集，到二零二一年的全集修訂版，又再歷時七年。即使不計算二零零三年前的構思工作，由第一稿至出版全集，這部小說也陪伴了我至少十八年。

《時間精靈》對這世界而言，是微不足道的，但對我而言，卻是一部「鉅著」：它見證了我超過十八年的人生，超過十八年的堅持。

這部小說，寫了一個故事，沒有寫下的，卻是我的回憶。看着它的一章一節，我的心眼看到的，也是我一點一滴的生活經歷。雖然我說要把「子君」寫進故事裏去，不過現實跟虛構人物始終是兩回事：《時間精靈》裏的「陳子君」比我灑脫，比我勇敢，而且客觀條件比我好，也有很多奇遇。現實世界有很多限制，但是幻想世界浩瀚無邊，不受時空之神的管束。

為甚麼終於下定決心全職做小說創作？不為別人，不求回報，只為了能在自己餘下的人生善待自己，容許自己任性地追逐曾經想過又不敢過的生活。

經歷過大病的人，就會懂得我的心情，會懂得我不斷咳出血痰時身心俱顫的恐懼。二零一二年，我得了急性肺炎。發病不足一個星期，我已經咳血！當時，我感到不知所措，竟然想哭。幸好，我自己去照了肺片，及時轉了專科醫生。但是，我的肺部已經「花」了。黑白粵語長片裏，吳楚帆飾演的窮教師，總因為工作過勞而咳血，我還清楚地記得他咳血後無助的表情和那首悲慘的背景音樂（法國浪漫樂派歌劇大師及作曲家馬思奈的《泰伊思冥想曲》）。他和妻兒相擁而哭的絕望場面，實在讓人心酸。難道窮教師就註定逃不過這種下場嗎？

現代進步的醫學技術和藥物，改變了這種宿命。我因為及時服食了正確的藥物，折騰了一個多月，終於幸運地擺脫死神的魔掌。

雖然康復了，那場突如其來的大病也吞食了我半條命，並繼續纏繞着我：我仍然經常生病，一天到晚都在服中西藥，又不斷服食抗生素，因為不吃抗生素，每次的病都好不了。而且，每次生病，細菌和病毒都會首先攻擊我的喉嚨，令我經常處於失聲邊沿，要服食消炎藥和開聲藥。沒有聲音的老師，如何教學呢？這令我產生巨大的心理壓力。我每天放學回家後，喉嚨都已經腫脹，連說話都覺得很痛，為了養聲，所以很少跟家人交談。因為工作越來越繁忙，放學後和放假時也有工作要完成，我連跟兒子好好地吃頓飯也不容易，但沒想到會發展到連多說幾句話都變得那樣奢侈的地步。

那段時間，每當我閉上眼睛，就彷彿看見一個巨大的黑洞，洞底有股可怕的力量，一直扯着我的腳往下墜。有堆積如山的工作要完成，卻難以集中精神，焦慮和失眠，令我感到恐懼。我知道自己的健康資本越來越少，徒勞無功的掙扎只是增加了無能為力的痛苦，面對一場又一場疾病，我覺得好孤單好孤單。一直以來，我也是自己最大的「依靠」。我相信只要用功讀書，勤力工作，做一個正直的人，必能過上好日子。但是，疾病磨蝕掉我的意志力，我感到身體開始四分五裂，快要倒下去了，我該如何是好呢？於是，我開始埋怨蒼天——為甚麼要這樣對待我？我究竟做錯了甚麼事情，為甚麼要這樣倒霉？幸好，那時候我持續創作，也因此宣洩掉很多負面情緒。

《傷逝》裏的子君，因為沒有經濟基礎，最後不得不病死，我汲取了教訓，希望先打穩經濟基礎（當然，我也是很熱愛教學工作的，但我更早更深地愛上了「創作」），才去追求創作夢，想不到還是因為不懂愛惜身體，幾乎得急病而一命嗚呼。她為了追求更美好的生活而兩次「出走」，我沒有她那麼悲苦，但是為了紓緩疲憊的身心，我也選擇了「精神出走」，走進一個幻想世界裏去。從前，我會很介懷自己的作品是否優秀，是否值得出版，大病康復後，整個想法都改變了：只要在過程中已經盡力地付出過，就足夠了，出版一本書，也可以視為送給自己的一份禮物。於是，二零一四年，我終於為了自己，也為了兌現對學生的承諾，摒除萬念，以「子君」為筆名，出版了《時間精靈——巫女現身》。

我於二零一七年八月正式結束做了二十一年的教學工作，因為我的身體已經惡化到會因不明原因而出現敏感紅腫。起初，紅腫位置集中在可以用衣服遮蔽的地方，在職最後那個學年的聖誕節假期，放假第一晚，我全身多處忽然莫名紅腫，它們已經跑到小腿、手背和脖子。

終於，我捨得放下繁忙的生活，認認真真地面對自己。我早就知道身體再次響起警號，卻一直置之不理，一場大病，恐怕又要來狙擊我了。

人，無論如何頑強，都敵不過死神，上次是初相見，我還有氣有力，才僥倖地逃出他抹頸鐮刀的利刃，但已經受傷不輕。這次，他改變了策略，決定先慢慢地折磨我的身心，再輕輕鬆鬆地解決我。我左思右想，知道自己的勝算很低，所以決定走到談判桌，跟死神討價還價，談談交換條件。這段時間，我剛好在寫《時間精靈》第三集，書背寫了：

為了至愛，你願意付出所有。
但是，這「所有」是你能承受的嗎？
我可以給你所渴望的東西，
可是，請記住，這是等價交換。
生命之輪一旦轉動了，不能回頭的啊！
怎樣？
願意交易嗎？

這段彷佛是死神跟我說的話，也反映了我當時的心境。

一旦辭職，就不會再回來這所學校任教了，這樣做是否正確呢？我熱愛前線教學工作，一直從這工作中得到很多愛和力量，這是我第一份全職工作，這所女子私立小學是我第一所服務的學校，我留戀在課室裏授課的愉快時光。而且，我也因它而過着穩定的生活，我貪戀這份安逸。

以人生的職業規劃而言，我那時候辭職，也是等同「自殺」的行為。那種年紀，無論轉行做小說創作人，還是幾年後想再入職做老師，人家都會嫌我太「老」，而這個「老」字包含了太多令人膽戰心驚的內容。

我這個決定將會令自己由極穩定的生活，轉向最沒有保障的人生。轉變那麼大，我是否可以適應呢？我本來是打算一邊教學，一邊創作的。只要多熬幾年，孩子就中學畢業，我也可以只專注工作和創作。因為我覺得在這個普遍知識水平很高，發表平台極多的年代，「作家」差不多是一個消失了的行業。而且，我沒有任何可以支持自己成為流行作家的客觀條件，一個連書也要自資出版的作家，想成功建立讀者群，機會率不是零，而是負數。所以，就算我全心全意全職地做小說創作，基本上也只能夠當這個是一種自我滿足的行為，所以寫不寫，寫多少，也不過是我自己的事情。不是悲觀，我只是有承認事實的勇氣而已。雖然我很愛做白日夢，但仍然分得清楚事實和夢境。虛構出來的神仙可以在天上飛，不食人間煙火，一般人卻必須為了生活而腳踏實地步行。因此，一旦辭職了，在世人眼中，我就等於一個無業的人。而「無業」這兩個字，也包含了太多令人難受的內容。

戲曲故事裏，任劍輝飾演的落泊書生，可以在街上擺一個無牌小販攤檔，賣個人作品，而且總會遇到賞識他的千金小姐。看似很樂觀，其實要得到賞識並不容易，必須有樣貌，有身型，有才華，還要有運氣（像梁山伯那樣，因為病了三天，就失去了娶祝英台的機會，真可算是千古倒霉書生的首選）。而且，成功高攀千金小姐的例子，一般都是家道中落的貴族子弟，或者對某個富貴之人有救命之恩，這類奇遇的人。

我具備了哪一個條件呢？真抱歉，一個也沒有。而且，新科技知識欠奉，外語不行，又一身病痛，手無縛雞之力，像我這種書生，在世人眼中，也許早就被認為是一點兒社會價值都沒有，還想奢求人們垂青眼，真是痴心妄想，笑掉人家的下巴。

想了很多很多，所有最差的情況都想了一遍。跟着，我的腦海裏開始出現一些積極的想法：時代轉變了，機會多了，窮書生也不愁出路。現代人都很長壽，我這個年齡並不算老啊！何必有太多恐懼？何必固步自封呢？窗外有藍天，應該趁着還有氣有力，出去看看學校以外的天地。從求學到教學，我從未真正離開過學校這個象牙塔，甚至未轉過工。我像一隻井底之蛙，只看到井上的天空。也許，這些病痛，是上天給我的一個提示，給我的一種推動力，讓我這隻井底蛙走出狹窄的井口，去遊歷外面廣闊的世界。其實，真的沒有甚麼值得害怕，因為我自幼就習慣一個人輕裝出發，去探索不可知的前路。而且，這次的旅程有「小說創作」這個「心靈伴侶」同行，我更不會孤單、寂寞。

這是我做每一個重要決定前的習慣。我是一個「期待最好明天，但為最差情況做準備」（"Hope for the best, prepare for the worst."）的人，因為從小就凡事都要靠自己，我不曾擁有後悔的權利，做了決定後，不管好壞，也必須勇往直前，一力承擔所有風雨。能走多遠，就要看自己的實力有多強。沒有人可以做我的避風港，沒有人會背着我走，我還要養育兒子一段時間。我清楚知道，有一些幸福，從來都不屬於我。如廣東話所言：「落地喊三聲，好醜命生成」，有些條件，在我們的掌握之外，那麼只好接受它們，只好在可以控制的範圍內，做好自己的本份。不是埋怨，不是跟別人做比較，我只是覺得，人必須看清楚現實的情況，才不會下錯決定。了解自己有多大本事，能背負多重的擔子，才可以準確地計算出能走多遠的路。假如比預期的走得遠，那就是幸運之神賞賜的，如果不符預期，那麼就可能是給倒霉神盯上了。

在我猶豫不決的時候，死神用疾病強迫我盡快下決定，因為之後幾天，情況惡化了，連兩邊臉頰都紅腫起來。

終於，我辭了職，雖然滿心不捨。放下吧，我跟自己說，人畢竟是人，精神可以很強大，肉體卻是軟弱的，再不放下，就會一無所有。我總會為人生做很多兩全其美的計劃，不過世事古難全，很多能夠擁有的東西，都是等價交換而來的。萬一我再生一場大病，病得半生不死，肯定會比吳楚帆所飾演的窮教師更淒涼，我必須學懂愛自己。應放手時，就要放手，像火箭，如果不想中途墜落，就要捨得放下很多東西，只帶着最核心的部分衝出大氣層，才可以進入浩瀚無邊的宇宙，欣賞不一樣的景致。

這個學年，我獲得了「優秀教師」獎項，為人生的這個章節畫上了圓滿的句號。再次衷心感謝投票給我的老師們，謝謝你們的禮物，你們真是我的好戰友，就算離開了，我的心永遠跟你們同在。我將那些年所有美好的人和事都封印起來，偶爾回顧一下，總是盛載滿心喜樂而歸。

幸好辭職了，要不然，真的可能會命喪九泉，因為辭職後的兩三年裏，我仍然大部分時間都纏綿病榻，也服食了大量抗生素來保命。朋友開玩笑地叫我千萬不要應了當時流傳的那句可怕戲言：「一放假就病，一退休就死。」

我沒死，不會那麼快死，因為我有「創作小說」這口甘泉給我養分，而且因此看見了另一片蔚藍的天空。

一年出版一本小說，是幻想小說作家「子君」送給重生的自己的生日禮物，我希望可以一直送禮物和收禮物。

《時間精靈》的一部分初稿是直接打入電腦，再列印出來修改的，另一部分初稿通常用黑色水筆寫在原稿紙上，更有些是在上班和下班時，於港鐵列車車廂內完成的。因為創作第一至三集期間，我不斷生病，仍然家庭工作兩頭忙，整個人有種心力交瘁的感覺，這兩程車程，是我唯一能夠「精神出走」的時段。搜集資料是很實在的體力行為，但創作卻是非理性的行為。

幻想力是個任性而自我的孩子，他喜歡獨佔我的整個腦袋。只有「放空」，他才會跟我親密對話，給我靈感。我會帶備原稿紙和黑色水筆，將腦海浮現的句子、片段、情節全部立即寫下來。每次車程，大約會寫下一至兩頁原稿紙，待放假時再做整理。

可惜，寫完《時間精靈》後，我就撕毀、扔掉絕大部分手稿。我也不知道自己為甚麼要這樣做，真的不知道。幸好，我仍給自己留下第一集不同版本的手改孤本和小部分原稿紙手稿（這些原稿紙手稿都已捐贈給香港文學資料室），我會在《時間碎片》裏跟你分享一部分。你看了，就會知道我修改和刪去了很多內容，才成為二零一四年的《時間精靈——巫女現身》。

為甚麼要出一個全集的版本？因為這部小說的創作時間太長，而且出版一至三集時，我仍然是一名在職老師，要上班，要進修，孩子也還年幼，需要付出較多時間去陪伴，所以即使擠壓盡所有剩餘的時間和精力來創作，書中仍然有前後不統一，或者不符合故事世界邏輯的地方，這些問題曾令到第四集的創作陷入困境。我希望給自己一個機會，去修正這些錯誤。也許，我將來又會想修正一些其他的問題，不過，將來的事情，只好留給將來的我去處理了。《時間精靈》是我的第一部小說，要改善的地方很多，不過當時的確是盡了全力去寫。我真的很渴望寫出優秀的作品，但才華和努力都不夠，也就只能接受它的不足了。

人生總是充滿了很多小意外、小驚喜，它們推動着我前進，也干擾我的計劃。所以，我仍是隨遇而安，活在當下，盡力過好每一天、每一秒，做好每一件小事情，並學習好好愛自己。

我覺得，對我這樣的平凡人而言，能做到這樣已經很不錯了。

「時間碎片」

第一稿：
《巫女傳說——月之國》

《時間精靈》的第一個故事大綱，寫在二零零三年的那一稿之前，那時候，巫珈晞叫做巫小晴。這是一個叫做《巫女傳說》的系列小說，主要以月之國及魔域世界為背景，包括了：《月之國》、《不死藥》及《魔王的祭司》三本書。

這個大綱和後來的第一稿，也在一定程度上規限了《時間精靈》的故事內容。

以下是第一個故事大綱，我修改了一點兒，讓它在這本書裏終於得到一個被出版的機會。

《巫女傳說——月之國》

故事大綱

傳說，巫師擁有強大的法力，也擁有很多人類無法解釋的神秘力量。遠古的時候，有一個巫師集團，它共有十個領袖：巫咸、巫即、巫盼、巫彭、巫姑、巫真、巫禮、巫抵、巫謝、巫羅。他們有男有女，住在長江三峽的靈山上，而且擁有打通天、地、靈、魔四界的法力。

天地之初，四界居民是共居的，直至天神、精靈、魔王及人王為了各種原因斷絕往來，魔王更因侵略三界被封印。於是，巫師各投其主，居於不同界別。

後來，巫師更為了爭奪「魔法水晶環」而在巫師結界裏大動干戈。在巫師面臨滅族危機的時候，有一個法力高深莫測、身分神秘的巫師突然出現，結束了巫師們的仇殺，喚回他們的良知，然後又突然消失。

巫師們決定簽訂和平條約，條約的細則很多，主要內容是要他們不得再仇殺，而且不得通婚。凡破壞通婚條例者，其後人必於十五之年，死於巫姑族人的劍下，而能打通四界的「魔法水晶環」，則交由法力最高強的巫咸一族保管。

巫小晴的爸爸是巫咸的後人，媽媽則是巫禮的後人，因此她潛藏着兩大巫師家族的非凡法力。根據巫師十大集團所立的盟約，小晴注定要在十五歲時死在巫桑貝劍下。

為了完成任務，從小晴出生那一天開始，巫桑貝就在暗處監視着她。可是，日久生情，經過了十四年的「日夕相對」，巫桑貝從跟蹤她，變為喜愛她。

在小晴日漸長大的時候，被眾神封印在冥界裏的魔王的法力也日漸增強。魔界重整旗鼓，準備入侵三界。魔王見時機已成熟，於是派出手下捉拿小晴，希望結合她的法力衝破封印而出，統御四界。可是，他的手下失了手，意外地送了小晴和她的好朋友到「月之國」。小晴為了找歸家的方法，出發到月宮求常羲女王幫忙。可是，抵達月宮後，發現常羲女王已中了暗算，沉睡不醒。小晴依照「月之國」智者的指示，尋找漂流的時間之城——蓬萊仙島，取不死藥相救。

在取藥回「月之國」時，小晴卻落入了魔軍手裏。巫桑貝和小晴的朋友送藥到「月之國」後，即前往魔界救她。居於各界的巫師則團結起來，守護三界，對抗魔王的軍隊。

魔王用盡各種辦法，引發小晴潛意識裏的魔性，令她日漸喪失本性。小晴更駐守魔宮，成為魔王的祭師。

到底小晴會否成為魔王達成野心的工具？到底其他人能否幫助小晴回復本性呢？到底巫師們能否拯救天神、精靈和人類呢？為了拯救三界，巫師們會否殺死小晴呢？

我記得當年的我真的很喜歡這個故事大綱：因為覺得巫小晴這個人物的性格亦正亦邪，心理變化很豐富，寫起來一定很有挑戰性。再者，巫桑貝在愛情與責任之間的取捨應該充滿了心理掙扎，巫師集團的巫咸和巫禮兩大族又會因為巫小晴而陷入情、義兩難的處境，令到故事充滿不確定性。故事裏包含了親情、愛情、友情和戰爭場面，又有月之國和魔界這些可以自由構想的幻想世界，所以真是包羅萬有，可以寫足半生。可惜，後來沒有寫成。

最後，為甚麼放棄這個大綱？可能是因為經歷多了，要擔當的角色也多了，所以真正下筆創作時，就寫了當時更想寫的內容。

二零零三年：《巫女傳——月之國》

以下的圖片是二零零三年的大綱和人物圖。

2003

《巫女傳──月之國》

巫師国
看不見但存
在的国度

〔一〕 巫師的輝煌歷史
〔二〕 巫小晴的家族
〔三〕 衝破封印而出的法力
〔四〕 蓍草精靈的假期家課
〔五〕 月之國
〔六〕 沈睡的月女王

《巫女傳系列》

魔王之入侵

1. 月之國
2. 不死藥
3. 魔王的祭司

巫師反擊戰

4. 四神獸及五元素
5. 摘仙怨〔旱神、應龍、織女後人〕
6. 通靈師

巫師擁有比普通人強大的意志力，也擁有很多人類無法解釋的神秘力量。根據古書《山海經》的記載，歷史上第一代巫師共有十個：巫咸、巫即、巫盼、巫彭、巫姑、巫真、巫禮、巫抵、巫謝、巫羅。他們有男有女，都住在長江三峽的靈山上，都擁有打通天、地、靈、魔四界的法力。後來，天神、精靈、魔王及人王為了各種原因斷絕往來。於是，巫師各投其主，居於不同界別。

戰國時代的巫師更為了爭奪「魔法水晶環」而大動干戈。在巫師面臨滅族危機的時候，有一個法力高深莫測、身秘神秘的巫師突然出現，結束了巫師們的仇殺，用愛的魔咒吹走了空氣中的仇恨，喚回他們的良知，然後，又突然在空氣中消失。

戰爭過後，巫師傷亡慘重，為了恢復元氣，他們決定簽訂和平條約，由當時家族勢力最大的巫姑一族主持簽約儀式。

條約的細則很多，主要內容是要巫師們不再仇殺，而且，不得通婚。因為當時著名的巫師預言者──巫言預言：破解魔王封印的祭師，必出於兩個巫師家族通婚後所生的後人。避免悲劇發生的唯一方法，就是阻止巫師通婚。所以其中一條條約寫着：凡破壞通婚條例者，其後人必於十五之年，死於巫姑後人的劍下。他們都發誓遵守條約的規定。而能打通四界的「魔法水晶石」則交由法力最高強的巫咸一族保管。

巫珈晞的爸爸是巫禮的後人，媽媽則是巫咸的後人。因為這個特殊的家族背景，珈晞父母的婚姻得不到家族的承認，更被逐出家門。

巫珈晞卻因此潛藏着兩大巫師家族的非凡法力，又手握能打通天、地、靈、魔四界的鑰匙──「魔法水晶石」。她是唯一能夠消滅魔王的巫師，也是唯一能夠助魔王成為四界之王的巫師，因為她跟魔王的命運有為奇妙的關連。他們同時能夠操控太初之前的法力，大家既相生又相剋。只要珈晞的法力增強，魔王的法力也會增強，只要珈晞活着，魔王也不會死，反之亦然。根據巫師十大家族於戰國時代所立的盟約，為免為禍蒼生，珈晞註定要在十五歲時死在巫桑貝劍下。

珈晞十五歲時一次車禍 喚醒了体内

2003

為了完成任務，從珈晞出生那一天起，巫姑後人——巫桑貝就在暗處監視着她。可是，日久生情，經過了十四年的「日夕相對」，巫桑貝從跟蹤她，變為喜愛她，成為她的守護神。〉

在珈晞日漸長大的時候，被眾神封印在冥界裏的魔王的法力也日漸增強。魔界重整旗鼓，準備入侵三界。魔王見時機已成熟，於是派出手下捉拿珈晞，希望結合她的法力衝破封印而出，統御四界。可是，他的手下失了手，意外地把珈晞，她的好朋友的巫思朗、巫思怡，及蓍草精靈王的女兒送到四界外的「月之國」。珈晞為了找歸家的方法，到月宮求月羲女王幫忙。可是，途中又與思朗、思怡兩兄妹失散了。幾經波折，抵達月宮後，竟發現月羲女王已中了魔王手下的暗算，喝了毒藥，沈睡不醒。珈晞四人依照「月之國」智者的指示，尋找漂流的時間之城——蓬萊仙島，取不死藥。

在取藥回「月之國」時，珈晞落入了魔王的手裏。巫桑貝追隨至冥界營救她。小蓍、思凱和思怡送藥到「月之國」後，亦前往冥界救她。居於各界的巫師則團結起來，守護三界，對抗魔王的軍隊。

魔王用盡各種辦法，引發珈晞潛意識裏的魔性，令她日漸喪失本性。珈晞更註守魔宮，成為魔王的祭師。可是，魔王這時才發現珈晞只是半支鑰匙，必須和另外一半結合，才能發揮作用。

到底珈晞會否成為魔王達成野心的工具？到底巫桑貝、小蓍、思朗和思怡能否幫助她回復本性呢？到底巫師們能否拯救天神、精靈和人類呢？為了拯救三界，巫師們會否殺死珈晞呢？究竟誰是另外半支鑰匙呢？

巫師人物圖：

巫咸、巫即、巫盼、巫彭、巫姑、巫真、巫禮、巫抵、巫謝、巫羅

↓

巫咸……→巫極〔長居精靈界〕、艾羅西亞・韋伯〔身份不明〕→巫苡欣〔私生女〕

巫禮……→巫名〔長居精靈界〕、唐臻美〔已身故〕→巫卓文、巫苡欣→巫珈晞、巫情

巫姑……→巫桑貝

巫真……→巫家俊、歐陽爾雅〔離了婚〕→巫思朗、巫思怡〔後被魔血操控，成為珈晞的大敵〕

魔界人物圖：

魔王

↓

火王

↓

巫謝……→巫蕙〔英文科麗莎老師，來自英國〕、巫凌〔地理科查理老師，來自美國〕

《月之國〔鳥人國〕》人物圖：

常羲女王

↓

古諾王子〔攝政王〕〔空中、陸上政權〕〔神射手〕、奈何公主〔失憶泉〕〔海中政權〕

2003

↓

望舒將軍〔常羲的表兄〕〔忠心愛慕女王，後求愛失敗，毒害女王〕

著草國人物圖：

著草王〔著空烈〕→小著 → 藍山雪〔著草國皇族成員〕

學校人物圖：

卡爾老師〔教數學，來自德國〕

帕格理尼老師〔教音樂，來自意大利〕

莫內〔教繪畫，來自法國〕

花姬芙〔教花劍，來自美國〕

莫沙斯基〔教芭蕾舞，來自蘇聯〕

熊曼雁〔貝勒西女子國際中學地下報成員〕

那時候，計劃以巫珈晞和兩個好朋友為主線，寫六本《巫女傳》系列幻想小說。六本書分了兩個階段，第一個階段叫做「魔王之入侵」，共三本書，就是《巫女傳說》那三本，第二個階段叫做「巫師反擊戰」，共三本書，包括了《四神獸及五元素》、《摘仙怨》（旱神、應龍、織女後人的故事）及《通靈師》。

依書名來看，我似乎構思着寫一部頗有氣勢的系列幻想小說。後來，我下筆寫了《巫女傳——月之國》六個章節的故事內容：主要是以巫珈晞為中心，交代她的家庭、學校、朋友和要面臨的宿命。

當年寫的第一稿，我覺得頗有校園魔法小說的味道，比現在的《時間精靈》少了幾分無奈和滄桑感。那時候的確還算年輕，踏出校園才幾年，跟一個人窮志不窮的畫家結了婚，正在一所女子小學做老師，天天對着可愛活潑的孩子們，又剛還完了大學貸款，雖然背着「負資產」單位的超級巨額房貸，仍然是在職清貧戶，但是身體健康，生活還算安定。

那些年，我的入息以乎很高，但一直都兩袖清風。成為「負資產」業主後，我的確曾經埋怨過上天。因為我不但積蓄付諸東流，還無端背負了一身債，而且當時的銀行貸款利率大約十釐，我每個月都要支付一萬多元的利息，還了幾年債仍還不了多少本金。每個月一收到薪金，首先要支付銀行和大學貸款，然後呢？還要給父母家用。然後呢？要預留學費，因為知識日新月異，教學改革從沒有停止過，新老師的學歷越來越好，如果不進修，很快就跟不上步伐。而且，我不是教育本科出身的，入職後，就要補讀多個教師培訓課程。然後呢？要留起繳交稅金的錢。然後呢？所剩無幾了，我清貧到每天都要帶飯，吃的用的都是最便宜的東西。等到經濟環境稍微好轉，孩子又意外地降臨了，我的生活開支也因此變成割脈式地流出的情況，生活壓力比從前更沉重。髮型師說我開始長白髮，朋友說我的眼神變得「溫柔」了。

生活儘管充滿了挑戰，我從沒有放棄過學習，也沒有逃避過責任，所以我活得很舒坦自在。活着，是一個過程；生活，是一種修煉。不同的人，追求不一樣的人生。我很簡單，只要能夠不斷創作、閱讀、畫畫和偶爾欣賞一場精彩的戲曲表演，粗茶淡飯就滿足了。軀體和形相終將衰老，歸於虛無，只要保持健康及提供基本的需要就可以，不必為此勞心勞力去討好。相反，精神上的滿足感讓人心靈年輕和幸福，我願每天餵以「美味佳餚」。

《巫女傳——月之國》

目錄

（一）巫師的輝煌歷史
（二）巫珈晞的家族
（三）衝破封印而出的法力
（四）蓍草精靈的假期家課
（五）月之國
（六）沉睡的月女王

故事內容

（一）巫師的輝煌歷史

別以為西方才有巫師，其實，中國也有很多巫師。根據古書《山海經》的記載，歷史上第一代巫師共有十個：巫咸、巫即、巫盼、巫彭、巫姑、巫真、巫禮、巫抵、巫謝、巫羅。

傳說，他們有男有女，都住在長江三峽的靈山上，都擁有打通天、地、靈、魔四界的法力。巫師除了擁有比普通人強大的意志力，也擁有很多人類無法解釋的神秘力量。他們一代一代地繼承祖宗的法力。

起初，四界之民是共居的，後來天神、精靈、魔王及人王為了各種原因斷絕了往來。魔王更因為出兵入侵三界失敗，而被封印於冥界。於是，巫師與後人各投其主，居於不同界別。

巫師們會遺傳父母的法力。不過，法力都潛藏在體內，巫師的後人可能永遠不會運用這些法力，因為只有在生死危急的關頭，法力才會衝破封印而出。

你一定覺得他們能夠打開四界的大門，直接進出不同的空間是一件很好玩的事情。其實，這是十分危險的，因為意志力不夠堅定的巫師，可能會永遠被困在一個陌生的空間裏。

很多現代人以為巫師已經滅絕了，也有些人以為那些招搖撞騙、導人迷信的神棍就是巫師的繼承人。

其實，他們大錯特錯了！

所謂「樹大有枯枝」，因為有一些居於人界的巫師敗類用法力去害人和騙財，令巫師們蒙羞。所以，十巫的巫師集團在囚禁和懲罰了那些敗類後，選擇居於人間的巫師們就隱姓埋名，退居山林。

另外，巫師的真正法力是家傳的，外人根本無從學習。如果有人說自己是巫師，可以教授你法力，那麼你就要小心了，因為這個人肯定是神棍。

其實，巫師集團列出很多規則，要成員遵守，如果巫師做了壞事來干擾人類的生活，是會被集團捉拿和處罰的。而且，由於巫師們不斷跟人類通婚，所以先天的法力也越來越差，甚至完全失去法力，過着普通人的生活。

現在，每隔十四年，巫師集團的領袖就會聚會一次，每次地點不定。

（二）巫珈晞的家族

巫珈晞的爸爸名叫巫卓文，是巫禮的後人——巫名和唐臻美的獨生子；她的媽媽名叫巫苡欣，是巫咸的後人——巫極和來自歐洲的艾羅西亞・韋伯的私生女。艾羅西亞是一個謎一般的女子，沒有人知道有關她的事情，巫極亦從不說起她。巫苡欣一出生，媽媽就遷回歐洲居住，從此跟他們隔絕了通信。聽說，她也是巫師，不過是外國的巫師。這個沒有甚麼好奇怪的，因為外國也存在着不同的巫師集團。她要隱瞞身分，可能也是因為所屬的巫師集團的法規。不明來歷的出生和單親的背景，令巫苡欣比較內向和堅強。為了面對和治療這種心靈創傷，她投擲所有時間去研究人類心理學，成為一位出色的心理醫生。

他們這段婚姻，在巫師的家族史上是非常特殊的例子，因為十位巫師的家族龐大，散居各處，很少出現通婚的情況。而且，這十位巫師和後人在離開靈山後，各組集團，各自經營，有的巫師更為了私利而彼此仇殺。

巫情那一代的巫師更為了爭奪「魔法水晶石」而在結界裏大動干戈。在巫師們傷亡慘重的時候，有一個法力高深莫測、身世神秘的巫師突然出現，用愛的魔咒吹走了仇恨，喚回他們的良知，然後又突然消失。這位巫師的身份一直是巫師界的一個謎團，巫師們追封他為「神巫」，將他的功績印在大理石上，存放於巫師博物館內，供人憑弔。

戰爭過後，巫師們為了恢復元氣，決定簽訂和平條約，由當時家族勢力最強大的巫姑一族主持簽約儀式。

條約的細則很多，主要是阻止巫師們再次互相殘殺，而且不得通婚。因為當時著名的預言者——巫言預言：破解魔王封印的祭師，必出於兩族通婚後所生的後人。避免發生悲劇的唯一方法，就是阻止巫師通婚。那個人是唯一能夠消滅魔王的巫師，也是唯一能夠助魔王成為四界之王的巫師，因為那個人跟魔王的命運有着奇妙的關連：都能夠操控太初之前的法力。而且，他們既相生又相剋——只要那個人的法力增強，魔王的法力也會增強；只要那個人活着，魔王也不會死。所以，其中一條條約寫着：凡破壞通婚條例者，其後人必於十五之年，死於巫姑後人的劍下。他們都發誓遵守條約，而能打通四界的「魔法水晶石」則交由法力最高強的巫咸一族保管。

為了逃避追殺，通婚的巫師都不註冊，也不張揚。寧願自己的孩子做私生子，也不想他被殺害。只要那孩子永遠不引發體內的法力，就永遠沒有人會發現他們的秘密，而現代人根本不需要使用法力。當然，也有些巫師選擇永遠不生育。但是，巫珈晞的父母認為做人要光明磊落，也不想女兒成為私生子，所以正式舉行婚禮，脫離了巫師集團。

巫珈晞因此潛藏着兩大巫師家族的非凡法力，她的爺爺又手握能打通天、地、靈、魔四界的鑰匙——「魔法水晶石」，大家都認為她就是傳說中的「那個人」。根據巫師十大家族於戰後所立的盟約，為免禍害蒼生，巫珈晞註定要在十五歲時，死在巫桑貝劍下。

因為愛，巫卓文和巫苡欣深信自己的女兒不是「那個人」，但是他們也深信女兒會有不平凡的人生。因此，他們為孩子細心打算，督促她勤練魔法，鍛煉身體，以面對未來的挑戰。

為了完成任務，從巫珈晞出生那一天起，巫姑後人——巫桑貝就在暗處監視着她。可是，日久生情，經過了十四年的「日夕相對」，巫桑貝從跟蹤她的「死神」，變為她的「守護神」。

巫卓文跟巫苡欣結婚後，繼續他的繪畫事業和經營一間健康魔法甜品店。巫卓文的畫風獨特，流露出一份和諧、天真的氣息，被譽為「畫幸福的畫家」。他那甜品店的甜品都加入了一種特殊的魔法草藥，令人身體健康，讓人勾起美好回憶，感到心情愉快，回家後，更能做一個好夢。

那是甚麼草藥？我不能夠告訴你，因為這是巫師界的秘方。不過，我可以將它的傳說告訴你：傳說，炎帝漂亮的三女兒——瑤姬，到巫山遊玩的時候，親手種植了這種草藥，因為它有令人快樂幸福的力量，所以巫師用它們來做甜品吃。你也許可以從李時珍的《本草綱目》裏，找到它的名字。

甜品店的生意十分好，但是所有甜品都是限量發售的，賣完了就關店。

雖然巫卓文和巫苡欣已經被逐出了家門，但其實珈晞的爺爺、奶奶和外公都捨不得他們。珈晞的奶奶更因為太不開心而病逝了。爺爺為免觸景傷情，於是和她的外公長居精靈國，隨著草精靈王——著空烈研究《易經》占卜術。

巫珈晞是一個瓜子臉的混血兒，她的眼睛特別大，睫毛也特別長。她那一頭卷曲的淺褐色長髮，襯托着玫瑰紅的面頰，格外可愛。她就讀貝勒西女子國際學校，成績一般。因為她只喜歡閱讀有趣的課外書，目標是每年以最低要求的成績順利升級。但是，她從不欠交家課，而且是課外活動的活躍分子，在花劍及舞蹈方面更屢獲獎牌。貝勒西女子國際學校很注重全人教育，老師來自世界各地。

巫思凱和巫思怡兩兄妹是巫真的後人，也是珈晞的好朋友。思怡跟珈晞同班，是她志趣相投的好朋友。思凱比她們大兩歲，是個心地善良，活潑好動，但脾氣暴躁的人。

思凱和思怡的父母離婚了，他們跟着父親——巫家俊一起住。巫家俊是一間跨國電腦程式設計集團的主席，經常要到世界各地公幹，所以只好將一對兒女交給傭人照顧。兩兄妹的其他長輩長居法國，很少來探望他們。

(三) 衝破封印而出的法力

這天，是一個天色陰霾的日子。跟平日一樣，已經七時十五分了，珈晞依然抱着枕頭，呼呼大睡。

「珈晞，快起牀！快快起牀啊！」滿頭髮卷的巫苡欣瞇着惺忪睡眼，跑到珈晞牀邊，「哎呀！我的寶貝，再不起床，妳就要遲到了！」

巫苡欣來不及等女兒完全醒來，就拖了她起牀，然後半拖半拉地送她入洗手間，遞上牙刷和毛巾。半睡狀態的珈晞，馬馬虎虎地刷了牙，洗了臉，遊魂似地走出客廳。

一份香噴噴的火腿、香腸、多士和一杯冰凍的橙汁已經放在桌上。珈晞抬頭看一看時鐘，快要遲到了！她突然清醒過來，以超音波的時速換上校服，狼吞虎嚥地吃完早餐，然後背着書包衝出家門。

班主任課的時候，老師循例長篇大論地說了一大堆做人的道理，又再詳細地解釋了校規和班規，規勸大家不要犯錯。

上中文課的時候，黃老師一談起魯迅，眼中就閃起「五四年代」文藝青年的熱情，一抹耀眼的神采輕輕掠過她開始衰老的容顏。然後，黃老師談起了她大學時代的夢想，宿舍裏的夜生活……

珈晞覺得教數學科的卡爾老師是全校最可怕的老師，他來自德國，為人木訥，態度嚴謹。卡爾老師從不高聲責罵學生，只會默不作聲地盯着做錯事的學生，讓那人感到無所適從、無地自容、無顏面對……今天，他又用了五分鐘的上課時間，不滿地盯着一個剛大聲地打了一個噴嚏的女同學，盯得她滿臉通紅。

聽說潑辣的英文科老師——來自英國的麗莎老師，跟害羞的地理科老師——來自美國的查理老師正在談戀愛，可是又聽說查理老師已經有了未婚妻，情節真是曲折離奇。他們的愛情故事已經是《貝勒西女子國際學校學生地下雜誌》的主要新聞了。

《貝勒西女子國際學校學生地下雜誌》由貝勒西女子國際學校學生秘密組織印發。它的內容一直是同學們的熱門話題。雜誌主要報導老師的私生活，又提供一些消閒地點，最新的潮流服飾、打扮、玩意兒……的消息。從來沒有人知道這個組織的成員名單，也沒有人知道他們的開會、工作地點。在每個月的一號，組織的成員會透過電腦網絡，傳送內容到同學家中的電腦去。

老師們十分痛恨這個學生秘密組織，可是又找不到犯事學生的任何線索，所以他們很少在這所學校工作超過兩年。

放學的時候，天色變得更陰沉，而且下起毛毛細雨。

珈晞跟思凱、思怡說過再見後，就獨自回家。由於珈晞前兩晚跟爸爸上咒語課上得太晚，已經睡眠不足，所以上完了一天的課，腦袋就累得有點兒迷迷糊糊。當她橫過所住大廈前面那條繁忙的馬路時，因為歸心似箭，沒有看清楚人像燈，就跑了出去。

「呠——」，一道強烈的白光射向珈晞，她嚇得目瞪口呆，腦海一片空白，然後身體像一片輕雲，不斷上升、上升……

只一眨眼，珈晞已經在睡房裏。她飄浮在半空中，背包貼着天花板，驚恐地看着自己的牀、書桌、衣櫃……她想下來，可是不懂得怎樣下來。她全身癢個不停，好像有千萬隻螞蟻在亂爬，又好像有一股看不見的火，正在燃燒着她。

珈晞的體內突然釋放出一股極強的力量，它不斷地放射出來。滿月時奶奶送給她的那塊紫玉吊墜，發射出刺眼的強光。強光射穿了一道長長的隧道，另一端的開口卻是一個無底的黑洞。它不斷地擴大，貪婪地吸食珈晞的法力。

珈晞難受極了！但是，仍拼命抵抗。她想叫父母來拯救自己，可是口不能言。珈晞想哭，但她倔強地支撐着。最後，她累得昏倒了。

「珈晞、珈晞，妳終於醒了，妳怎麼了？怎會昏倒在地上？」巫苡欣強忍着眼淚，憂心忡忡地看着女兒。

「媽媽……我竟然會飛……從對面街的馬路，突然……回到睡房……我的身體好像不屬於自己似的……有一股很可怕的法力被釋放了出來……它跟另一股魔力互相呼應着……」珈晞的腦袋仍一片混亂，暫時不能夠有系統地整理這一大堆離奇古怪的遭遇。珈晞的父母聽了後，對望了一眼，彷彿了解對方心裏的想法。

巫苡欣說：「這事情會不會跟那個巫姑的後人有關呢？那個可怕的約誓……」

「苡欣，妳不用擔心，珈晞還沒有到十五歲。」巫卓文凝重地說。

「爸爸媽媽，你們在說甚麼？甚麼約誓？巫姑後人怎麼了？」

「珈晞，妳已經快十五歲，也是時候要知道真相了。我們對不起妳，我們連累妳了。」巫卓文嘆了一口氣，將巫師之戰，立約和魔咒的事情全部告訴珈晞。

珈晞知道事情的始末後，心裏一團糟，一下子無法接受事實，她不能理解為甚麼大人世界的遊戲規則會這麼殘忍。

巫苡欣說：「珈晞，這是命運。既然妳命中註定要經歷這些劫難，妳就處之泰然，堅強地面對吧。記住，妳是偉大的巫師——巫咸和巫禮的後人，可不要沾污了他們的英名。」話雖如此，巫苡欣的心卻無限淒酸，又說，「珈晞，從明天起，妳要開始學習呼喚火神大人的咒語。在危難關頭，妳就呼喚他出來救妳。」她解釋，「火神大人一直是先祖巫咸的好朋友，他將呼喚自己的咒語告訴了先祖，又答應守護巫咸一族的後人。」

巫卓文說：「珈晞，別再想了，妳記住，不管將來會發生甚麼事情，我們也會和妳一起面對的。」

珈晞點點頭，緊緊地握着父母的手。

這晚，珈晞整夜輾轉反側，腦海裏十分混亂。她想了很多事情，卻全都找不到解決的辦法。

（四）蓍草精靈的假期家課

第二天，珈晞自動自覺地起牀，還到廚房做了早餐給父母吃，令父母感動不已。

巫卓文不停地說：「珈晞終於長大了。」

上學途中，珈晞感到有人在跟蹤自己，可是轉身一看，那神秘人已拐過彎，消失在黑暗的橫街裏。

正在這時候，思怡走過來，向呆呆地看着橫街沉思的珈晞說：「喂，珈晞，妳在發甚麼愣？」

珈晞清醒過來，說：「沒甚麼。」

「珈晞，我們快走，快要響鈴上課了。」

珈晞整天都沒有心情聽課，心裏反覆地想着父母的話。一想到自己十五歲就要死，心裏萬分不願，因為她還沒有報答父母的愛，沒有玩夠，沒有吃夠，沒有遇上白馬王子……這麼年輕就死去，實在太可惜了！想到這兒，珈晞雙掌用力地拍打桌面，整個人站了起來，激動地大叫：

「我不想死啊！」

卡爾老師和全部同學都靜下來驚訝地凝視着她。珈晞頓時臉兒發燙，紅得像西紅柿。

「巫珈晞，卡爾老師賜妳不死，不過『死罪可免，活罪難饒』，我罰妳今晚回家要做完第一百至一百二十頁的練習題，記住了嗎？」卡爾老師冷冷地說。

「記住了。」珈晞垂頭喪氣地坐下來，憤憤不平地瞪了卡爾老師一眼。

「砰」！卡爾老師的眼鏡鏡片突然爆裂了，碎片一片片地掉落地上。全班嘩然，卻不敢大聲評論。他不發一言，故作鎮定，卻臉色蒼白地走出了課室。頓時，有些同學交頭接耳地討論起來，更有些同學開始說鬼故事嚇人……課室鬧哄哄的，亂成一團。只有珈晞的臉色跟卡爾老師一般蒼白，憂心忡忡地坐着。

課室的另一角，熊曼雁默默地監視着珈晞的動靜。

放學的時候，熊曼雁跑過來，故作神秘地問珈晞：「妳看過昨天的『學生地下雜誌』嗎？」

「沒有。」

「麗莎老師終於跟查理老師翻了臉，他們在餐廳吵了起來，不歡而散。」

「這跟我有甚麼關係？」

「妳怎麼了？沒精打采的，失戀嗎？剛才是不是妳令到卡爾老師出醜的，妳究竟對他做了甚麼事情？」

「妳不要胡說！」珈晞忿怒地推開她，走向更衣室找思怡。

練習完花劍後，已經傍晚六時。思怡和珈晞坐在體育館聊天，珈晞將這兩天的遭遇告訴她。思怡聽完後，很替她擔心，不過她發誓一定要協助珈晞找出破解魔咒的辦法。

這時，學校的管理員藍叔微笑地走過來告訴她們：「學校還有半小時就要關門了。」

「謝謝妳，藍叔。我們現在就去更換衣服了。」珈晞有禮地說。

藍叔跟珈晞同一年進入貝勒西女子國際學校，他學識淵博，待人熱誠，尤其喜歡珈晞，常常說些關於植物的故事給她聽。

思怡和珈晞一面聊天，一面走向更衣室。

更衣室內的燈光本來就不太明亮，天一黑，室內就更暗了。思怡的腦海忽然想起了很多鬼故事，又浮現出不同的鬼怪形象。一陣風悄悄地從門外吹來，令她更加毛骨悚然。

「珈晞，我們快點兒換上校服離開吧！」思怡說。

「好。」珈晞回答。

然後，她們分別進入了其中一個更衣室，關上門換衣服。當思怡剛拉上校服裙的拉鏈時，突然聽到「咯咯咯」的叩門聲，她以為珈晞在催促自己，於是還沒有圍上腰帶就打開門。

「妳這麼快……」思怡定睛一看，一個人也沒有！

隔壁的門突然打開，珈晞好奇地問：「思怡，妳在跟我說話嗎？」

「我……妳……剛才……」

「我怎麼了？我剛才在隔壁換衣服啊。」

「珈晞……後……後……後……後面……妳背後有隻小鬼！」思怡一手拉珈晞過來，另一隻手打向那隻「小鬼」。

那「小鬼」摔在地上，連放在裙袋裏的小烏龜也跌了出來，她「哇」的一聲，像孩子般大哭了起來。

思怡定睛一看，就看到一個年約三歲，身穿紫紅色碎花裙，背上生了一對翅膀的「小鬼」。

「咦？是妳！很久沒見了，妳長大了許多啊。」珈晞抱起那「小鬼」，溫柔地說，「鬼？思怡，妳是說她嗎？她不是鬼，是爺爺的老朋友——著草精靈王的女兒。以人的年齡來計算，她今年三十歲，以精靈的年齡來計算，它今年只有三歲。」

「精靈？」思怡看着小著嬌小可愛的樣子，簡直像個洋娃娃，於是不好意思地說，「對不起，打錯妳了，還痛嗎？我叫思怡，請原諒我。妳叫甚麼名字？」

小精靈搖搖頭，充滿敵意地看着思怡。

「別這麼兇啊，我不是已經道歉了嗎？」思怡不滿地說。

「思怡，別生氣，她只是以為妳是一個壞人而已。妳忘了？任何知道精靈真實名字的生物，都可以用咒語控制他們，所以精靈不可以將自己的真實名字告訴任何人。連我也不知道她的真正名字，我們就叫她小著吧。」珈晞解釋。

「對啊，我都忘了。」

「小著，妳為甚麼突然到人間找我呢？不會是我爺爺和外公出事了吧？」珈晞問。

「不，巫極和巫名公公都很好。我來找妳，是為了我自己。」小著不好意思地說。

「我們一起回家再說吧，藍叔要鎖門了。」思怡說，「可是，帶着小著上街，別人看到她，一定會嚇個半死。」

「妳放心，她可以收起翅膀的。」珈晞又說，「我們一塊兒吃晚飯去吧。今天晚上，爸媽要工作到很晚才回來。」

「好的，反正哥哥約了女朋友。不如我們到上一回那家法國餐廳吃飯，我喜歡那兒的野菌鵝肝。」思怡回味着那香味。

小著乖巧地聽着，她的小烏龜則跑到她的頭上去睡覺。珈晞說：「小著，我們要到餐廳吃東西去，妳收起翅膀，讓我抱着妳走，好嗎？」小蓍聽話地收起翅膀，飛進珈晞懷裏。別看她胖乎乎的，其實身輕如雲。

到了餐廳，大家點了餐後，就聊了起來。

「珈晞，爸爸要我跟隨妳，為妳預言。」小蓍說。

「為甚麼要這樣做？」思怡問。

「蓍草是巫師用來占卜的聖草，不過他們的級數有別，預言能力最強的，是一品蓍草，預言能力最差的則是九品蓍草。他們的占卜潛力要不斷被啟發和鍛煉，才能夠到達最高的境界。在學習的階段，蓍草精靈王會根據他們的能力，分派他們去為巫師服務。」珈晞說。

小蓍點點頭。

「小蓍，妳可否幫個忙，告訴我們，珈晞十五歲生日那天會發生甚麼事？」思怡凝重地問。

小蓍閉上眼睛，半晌，她的腦海開始浮現一些影像：很多張不同的臉容快速地閃起，忽然卻又見到一扇門，門中有一隻很大的眼，眼珠閃出攝人的魔光……

小蓍迷茫地睜開眼睛，說不出話來。

「小蓍，怎麼了？」思怡緊張地問。

「我見到很多張臉，又見到一扇門和一隻大眼……」小蓍的話還沒說完，就害怕得抱着珈晞的手臂，不停地顫抖。

「小蓍，妳怎麼抖成這個樣子？算了吧，不要再想了，我們說些開心的話題吧。晶瑩的黃玉還是不是小蓍最愛吃的東西呢？」珈晞抱着小蓍，像母親哄孩子般地逗她說話。

可是，小蓍並沒有回答，她從衣袋裏拿出一本又大又厚的《精靈百科全書》，苦惱地翻閱起來。

這時，侍應生送上了香噴噴的野菌鵝肝。珈晞為小蓍叫的法國天然礦泉水也送了上來。原來小蓍只吃玉和喝水，可惜這餐廳沒有玉。

回家後，巫苡欣為小蓍送上了一碟晶瑩剔透的黃玉，叫她開心極了。

小蓍和寵物小烏龜就這樣住進了珈晞的家，珈晞和父母都很喜歡這個聰慧的小精靈，可是他們的小貓——假期可不是這樣想，牠突然感到自己的身份地位受到威脅，所以一天到晚，跟會說貓語的小著吵個不停。

（五）月之國

週末的早上，珈晞、思怡帶着小著到郊野公園野餐和放風箏。她們預備了很多食物：豬排、雞翅膀、咖哩魚蛋、汽水……應有盡有。但是，小著只帶了天然礦泉水和一盒美玉。

這天風和日麗，所以大家的心情格外開朗。當她們正走過一條木橋時，麗莎老師和查理老師卻手握利劍，截住了她們的去路。

兩位老師突然揮出利劍，二話不說就刺向珈晞。珈晞側身閃避，思怡和小著也過來幫忙，大家就這樣毫無理由地打得難分難解。珈晞身手最靈活，一直佔上風，幾招過後，已奪過麗莎老師手中的劍，揮劍還擊。查理老師見形勢不對，就發狠地攻擊思怡，想挽回頹勢，思怡給劍刺中手臂，血流如注。

這時，木橋的繩子給劈斷了，木橋向下一覆，大家都跌進河裏的漩渦去。一直跟蹤着她們的巫桑貝，也躍進漩渦裏去。

在漩渦裏，查理老師仍揮劍游向珈晞。珈晞立即唸護身咒自保，但對方目光一閃，竟唸出破咒的魔法。巫師！這兩位老師居然是巫師。珈晞再唸咒語回擊，對方也不甘示弱，如此一來一往，咒語的魔力無意中打開了一道時間之門，它發射出強烈的光和一股無比的吸力，將他們吸進了一個未知的世界。

珈晞睜開眼睛，只見到處姹紫嫣紅，一道清溪汩汩流着。小蓍躺在她身旁，可是受傷的思怡卻不見了蹤影。

小蓍清醒後，她們就坐下來商討下一步行動。

「小蓍，妳知道這是甚麼地方嗎？」珈晞問。

「這是月之國，我一歲的時候和爺爺來過。月之國位於西方，由月之女神——常曦女王統治，族人都可以活到十萬多歲。女王和精靈、巫師、幽靈都保持良好的關係。可是，她不歡迎凡人到訪。」小蓍說。

「為甚麼會這樣？」

「很久以前，凡人和月之國也是和平共處的。可是，有一天，女王的四妹到了凡間玩耍，卻給一個邪惡的國王綁架了。那國王以公主來威脅女王交出統治權，公主為了不想連累國民，憤然投海死了。女王為此悲傷不已，從此斷絕了與人間的交往。」小蓍說。

「原來背後有一個這麼悲傷的故事。我們還是別管這些，先去找思怡，再找回去人間的方法。」珈晞說。

「我們從水路而來，何不隨着溪水去找找看？」小蓍建議。

於是，她們沿着溪水，聞着陣陣花香，聽着清脆的鳥鳴向前走。走了一會兒，她們見到一道清泉，泉水四周長滿了茂密的花草樹木。

當她們走近泉水時，水中突然冒出一個漂亮的少女，滿臉驚奇地問：「人類，妳是人類嗎？」她飛過去珈晞身旁，又忽然以威嚴的口吻說，「月之國從不歡迎不請自來的客人，兩位請回。」

「我不回去，我要找一個朋友，她叫思怡。」珈晞說，「我們一起被捲進漩渦裏，她一定也來了這兒。」

「月之國沒有發現其他入侵者的蹤跡。」那少女堅決地說。

地問。

「奈何公主，很久沒見，妳好嗎？我是蓍草國的三公主，妳還記得我嗎？」小蓍彬彬有禮

奈何公主想一想，笑着說：「小蓍，妳長大了不少啊，這個凡人是妳的朋友嗎？」

「是的。我們只是無意地被送到這兒，不是有意來搗亂的。而且，她和失蹤的朋友都不是凡人，是巫師的後人。」小蓍飛到奈何公主身旁，向她解釋事情的始末。

奈何公主聽完後，說：「既然如此，我明天派人護送妳們到月宮殿謁見女王，為妳們想想辦法。」說罷，她輕輕地揮動纖纖玉手，樹精靈、草精靈都翩翩起舞，花精靈送來了美味佳餚，風精靈又奏起了美妙的樂章，「妳們應該都餓了，先吃點東西。」

珈晞和小蓍的肚子早就餓得「咕嚕咕嚕」地響，看見眼前的美味食物，就不客氣地吃了起來。

食喝完後，奈何公主帶領他們到一所有浴室和溫泉的房子去，說：「大家都累了，洗個澡，泡一泡溫泉，換上月之國的服飾，好好休息。」小精靈們立刻遞上顏色亮麗的衣物，奈何公主又說，「兩位，請自便。」她說完，就領着精靈們離開。

夜，靜靜地降臨月之國。一道寒光照射入珈晞的房間裏，她默默地擔憂着思怡的安危。

唉，這一夜真長！

房外，一個黑影悄然靠近守住門口的百合花精靈，向她撒了一大把迷香，然後將迷香吹進房間裏。珈晞就這樣迷迷糊糊地被帶走了。

那黑衣人將珈晞扛在肩上，匆忙跑向幽靈森林。途中，一匹白馬突然從草叢中跑出來。由於事出突然，那人心裏一慌，竟將珈晞往地下一擲，立刻閃開。但是，仍給白馬踢了一腳，踢到老遠去。

珈晞被這樣一摔，已醒了一大截。她睜眼一看，看見白馬示意她騎上馬背，於是奮力一躍，跳上了馬背。白馬輕盈地躍起，從黑衣人的頭頂飛越而過，向前疾奔，在天空上飛馳。

「你是傳說中的天馬嗎？為甚麼要救我呢？」珈晞問。

白馬回答：「由於天馬國受過你爺爺的恩惠，避過了惡鬼的入侵，所以我們發誓永遠守護他的子孫。」

「原來這樣，謝謝你。你知道綁架我的人是誰嗎？」

「是巫謝的後人——巫凌。」

「巫凌？」

「就是妳的地理科老師。巫蕙是他的妹妹，他們投靠了魔王。」

「他們為甚麼要殺我？」

「不是要殺妳，而是要抓妳。魔王想利用妳的法力，助自己打破眾神的封印而出，入侵三界。」

「實在太可怕了！我要快告訴爸媽和女王，不能讓魔王得逞。你現在打算送我去哪兒？」珈晞問。

「送妳回奈何公主那兒。」

這時，珈晞彷彿聽到思怡微弱的呼救聲，於是她說：「我聽到思怡的呼救聲。」她用心聆聽，

「她很危險！」

「聲音從哪個方向而來？」

「從……從前面的那個森林傳來的。」

「不可能，那是幽靈森林。」

「幽靈森林？」

「幽靈森林是通往魔域的其中一條通道，是邪惡力量凝聚的地方。月之國的人從不踏入這個森林。」

「你送我到那兒去，可以嗎？我要救我的朋友。」

「不可以。天馬是純潔力量的化身，一旦沾了污穢的黑暗法力，就會灰飛煙滅。」天馬解釋。

「那麼，請你送我到森林附近的地方，讓我自己進去吧。」即使有危險，珈晞也要去救朋友。

「妳進去後，可能不能夠再出來，妳不怕嗎？」

「我怕。可是……我還是要去救朋友。」

「既然這樣，我送妳到森林附近的地方。」

天馬送珈晞到幽靈森林外圍的一棵古柏樹旁，說：「幽靈森林就在妳眼前，妳用我背上那條魔法繩綁着這棵柏樹的樹幹，拿着繩子的另一端走進去，就不會迷路。記住，千萬不要放開這條繩子！我在這兒等妳出來。」

珈晞依照天馬的話，手握繩子，鼓起勇氣進入了幽靈森林。

在幽靈森林內，思怡全身不能動彈地躺在祭壇上，巫蕙正在進行一個讓思怡失去理智的儀式。

「妳到底是甚麼人？妳想要做甚麼？」

「我是巫蕙，現在是魔王的寵臣。妳放心，我不會殺妳，妳很快就會成為我們的朋友，助我們活捉巫珈晞。」

巫蕙拿出一個裝着黑血的瓶子，打開瓶蓋，舉起寶劍，指向天空，說：「至高無上的魔王，請叫這個女孩臣服在魔血下吧！」她用劍尖沾了一點黑血，讓血滴在思怡的眉心位置，黑血一碰到皮膚就消失了。

魔血散發出一股黑暗力量，吸引了附近的惡靈邪妖，牠們走向祭壇，五體投地，說：「魔王至高無上，四界無敵！」

巫思怡此刻已經失去了理智，成為魔王的工具。她瘋狂地大笑，邪惡地看着向她朝拜的黑暗使者，說：「行了，都起來。」

一頭妖怪突然前來稟報：「報告大人，巫珈晞進入了幽靈森林。」

巫思怡發出一陣恐怖的笑聲，說：「好，來得好。巫蕙，妳帶牠們去把巫珈晞抓起來。」

巫蕙即帶領惡靈邪妖，向巫珈晞的方向走去。

他們走了不遠，就見到巫珈晞。

「巫珈晞，妳居然敢闖進幽靈森林來，真是來白送死。」巫蕙說。

「思怡在哪兒？將她交給我。」巫珈晞說。

「哈哈哈，她已經是我們的人了，妳要來何用？」

「妳對她做了甚麼事情？」

「這不關妳的事。」巫蕙對惡靈邪妖說，「快，把她抓起來！」

惡靈邪妖即一擁而上，衝向巫珈晞。

「哼！烏合之眾。」珈晞伸手一揮，口唸咒語，將牠們都封印進一塊大石裏面。她走向巫蕙，正想唸咒的時候，後面傳來一把男聲，喝道：「停手！」那人說罷，手握長劍，衝向巫珈晞。

她轉身一看，竟是巫凌。

巫珈晞口唸咒語，一躍而起，轉瞬間就落在巫蕙身後。她輕輕向前一推，巫蕙已給推到三呎之外。她再唸咒語，一股力量立刻劈向巫凌兄妹。忽然，大雨沙沙而下，電光閃爍，巫珈晞輕飄飄地徐徐上升。她不耐煩地說：「把思怡交給我。」

「我在這兒。」巫思怡無聲無息地落在巫珈晞身後，她的目光詭異可怖，長髮在風中飄動，令人不寒而慄。她長嘯一聲，一掌打向巫珈晞後心。巫珈晞側身閃避，沒有還手，怕傷了巫思怡。

「思怡，妳怎麼了？」巫珈晞着急地問，身子不停閃避她的攻擊。

「我想帶妳回魔宮。」說罷，巫思怡口唸咒語，拔出腰間的匕首，插向巫珈晞的身體。

巫珈晞來不及閃避，右肩受了傷，摔在地上，大喊：「思怡，停手！用意志力去對抗魔王。」

巫思怡聽後一呆，只覺得一股暖意從心底直冒上來，全身顫抖。巫蕙趁機舉劍猛向巫珈晞肩膀刺去，巫凌也快步跑來，伸手想勒住巫珈晞的脖子。就在此時，一個蒙面高大男子一劍直插入巫凌後背，再用力拔出。巫凌慘叫一聲，暈了過去。巫蕙見情勢危急，拚了全身之力，舉劍斜往敵人削去，但那男子劍光一閃，巫蕙已肩頭一痛，血流如注。

「巫桑貝，我勸你別插手。」巫思怡再度失去理智。

「我偏要管，而且要為巫族清理門戶。」巫桑貝劍尖指向巫思怡。

「那麼你就受死吧！」巫思怡口唸魔咒，巫桑貝的劍「劈啪」一聲斷成數段。

巫桑貝唸咒回擊，可是巫思怡絲毫無損，繼續口唸魔咒，又在地上畫出魔印。地面即時下陷出一個黑不見底的圓洞，巫思怡將巫凌巫蕙拋進洞裏。

巫珈晞心知不妙，知道這就是通往魔宮之路，但是她仍血流不止，意識開始模糊，只好大呼：「火神大人，救命！」然後唸出咒語。

一團烈火立刻堵住魔界入口，一條火龍衝向巫思怡，團團圍住她，帶她離開森林。火龍又化為一個手環，套在巫思怡手腕上。

火神祝融出現在巫珈晞面前，他看一看幽靈森林，滿臉厭惡地說：「簡直污穢不堪。」森林開始起火，燃燒不止。他抱起巫珈晞，向天用力一拋，剛好拋到在天上看着戰況的天馬附近，牠立即飛向巫珈晞，讓她落在自己背上。巫桑貝也握着那條綁在柏樹身上的繩子，迅速離開森林。

幽靈森林變成一片火海，烈焰衝天，火舌飛舞，一切妖邪力量都給洗滌得乾乾淨淨。

奈何公主發現森林起火，即帶領人馬來看個究竟。

天馬背着巫珈晞，降落地上。奈何公主的人抱走了巫珈晞，隨後也在附近找到昏迷了的巫思怡。

巫思怡清醒過來後，已忘記了一切，但她聽取巫珈晞的勸告，答應永不脫下火神的手環。

（六）沉睡的月女王

皇宮侍衛騎快馬朝奈何公主跑來，他下馬稟報：「稟報公主，望舒大人叛變，毒害女王，請速速回宮。」

奈何公主獲悉，立即帶同人馬急馳回宮。

古諾王子見皇妹回來，連忙出來迎接。奈何公主進入常羲女王的寢室，見女王安詳地躺在牀上，只有幾個侍女在旁邊侍候着。

「發生了甚麼事情？」奈何公主問古諾王子。

「自從望舒表兄向女王陛下求婚被拒絕後，他就投靠了魔王，密謀造反。陛下中了他的暗算，喝了毒藥，昏迷不醒。雖然我及時用魔法鎮壓毒力，但除非找到西王母的不死藥，否則陛下熬不過一年。」古諾王子說。

「可是，西王母住的蓬萊仙島是一個漂流不定的虛幻之城，我們如何尋找它？」

「我和國師已經算出仙島下一次出現的時間和地點。」

「真的嗎？」

「真的。仙島會在下個月初一，月光最明亮的時候，出現在月之國的北方，紫微星的下方。只要我們守在那兒，就可以見到它。不過，還有一個問題，只有巫師才能夠打開仙島的大門，我們去哪兒找一個巫師呢？」古諾王子苦惱地說。

「真是天佑陛下！我帶了兩個女孩子回來，她們正好就是巫師。她們一個叫巫珈晞，一個叫巫思怡，連小著公主也一起來了。」

「太好了，那麼我們立即一起計劃，盡快啟程去我國的北方。」古諾王子說。

二零零三年的故事，就停了在這兒。

那時候很喜愛吳冠中先生的江南水鄉畫作，又知道他在自述中說過自己是「畫幸福的畫家」。我覺得「畫幸福的畫家」這句短語傳遞了甜美和安逸的情感，所以故事中的巫卓文就被譽為「畫幸福的畫家」。

下一步，應該是寫「漂流的蓬萊仙島」。我記得自己當時苦苦構思仙島的環境和生物，為了讓它更有「仙」味，所以做了資料搜集。可是，還沒有構思好，就因為生育、工作和進修的事情而放下了。

忙啊，真的很忙。太多「實實在在」的事情要去完成，要去追「死線」，時間根本不夠用，還哪有空去做白日夢，去做一些世人眼中「不切實際」的事情呢？只好放下「寫作」。

一放下，不知不覺，就幾年了。

真是白駒過隙，忙得不知時日過。

雖然沒有用筆寫作，但是我仍然有堅持創作：在兒子大約兩歲，他已經會說簡單的句子。

我們開始用言語溝通，我每晚都會講故事給他聽：《愛麗絲夢遊仙境》、《小王子》、《西遊記》、《三國演義》、《哈利波特》、《魔戒》……無所不說，當然全部都是說被我刪減過的兒童版本，他聽得雙眼發亮，我也說得不亦樂乎。不過，我喜愛創作，只說別人的故事，我覺得實在不夠好玩，所以開始說我的《巫女傳——月之國》給他聽。

他聽得津津有味，如果覺得好聽，聽完，總是問：「然後呢？」如果覺得平平無奇，他就會不客氣地毫無回應，不留心聽。像《一千零一夜》似的，我真怕他會突然說：「媽媽，我想聽《哈利波特》。」就這樣「殺死」我的故事。

為了讓我的故事「活下去」，所以我努力地創作（主要是第一和第二集的內容，因為他上了一年級後，就有很多家課要做和同儕關係要處理，我們晚上多是談他的校園生活），決心要令他愛上這個故事。

終於，我成功了。他直至現在都經常跟我說：「《時間精靈》是您最顛峰的作品。」看來，在他的心裏，我是江郎才盡了，所以每次聽完這句話，我都不知道應該感到開心，還是難過。

那段時間，故事的內容是以口耳相傳的形式被記在我們腦海裏的，因為我沒有時間提筆寫下來。

「寫」跟「講」不一樣。寫，要講究詞藻和故事的鋪排方法，這樣才會耐看。所以，後來我花了一段頗長日子看小說（因為每天能用來看小說的時間很少），從優秀的作品中吸收寫作知識。我發現寫作大師們真是各有風格，令人目不暇給。但是，「看了」並不等同「學會了」，創作沒有捷徑，我這個寫作新手還是要從幼稚園級數開始，一次又一次地做練習。

於是，我開始一段一章地寫，嘗試各種文字實驗，反正這部小說的目標讀者只是兒子和我（我當時不知道有自資出版，也相信沒有人會對我的書有興趣），只要我們覺得有趣好玩就夠了。

雖然日光之下無新事，相信先行者們早就嘗試過各種不同的寫作方式，只是鄙人才疏學淺，未曾涉獵而已。不過，我覺得作家都應該有自己的言語風格、佈局特點和人生經歷，所以即使用了同一種寫作方式，寫同一個題材，每個人的作品也無可避免地會有差異。

《時間精靈》的第一、二集內容比較受到已有的內容限制，第三集則想寫一個充滿童話元素的愛情故事，第四集主要是為前三集做收結。我本想一直寫下去，卻發現這個部分已經寫得差不多了。像是人生某一個階段的結束，要開始另一個新階段。但是，「悲嘆之花」三步曲的故事人物也是活在同一個世界裏，而且三公主——日觥、死神大人和魔靈等也經常在新故事裏佔有關鍵的位置。

二零零九年：《巫師傳—月之國》

二零零九年的版本保留了二零零三年的部分內容，但我修改了「幽靈森林」的內容，以及刪去了「沉睡的月之女王」，加插了「夢魘山洞」的情節。

在新版本的「幽靈森林」，珈晞和思怡是在一起的，顯示她們沒有失散，所以也沒有了巫凌和巫蕙的情節。我刪去了祝融，用炎魔取而代之。而且，巫珈晞的法力沒有從前那麼強大，有時候還會表現得不知所措，小蓍的力量反而大了，她處處幫助陷入困境的巫珈晞，是一個生死與共的好朋友，而不是要人照顧的小精靈。

這個版本裏的巫珈晞雖然要歷劫，卻是一個幸福的人，因為所有人都真心地對她好。《時間精靈》裏的巫珈晞卻只是一個可悲的人物：除了父母和林書賢，其他人都只關心巫忘。她沒有做錯任何事情，卻為前生的問題付了賬單，十四歲就一無所有地被殺死了。

以下是「幽靈森林」和「夢魔山洞」的內容：

（六）幽靈森林

珈晞、思怡和小蓍正準備繞過森林前進的時候，思怡被森林裏美麗的奇花異草吸引住，她着了魔似的走向森林，不管珈晞如何制止她，她都固執地往前走，又兇惡地說：「我相信這一定是一條捷徑！」她拉扯着珈晞的手前進。

可是，小蓍拉着珈晞的另一隻手，不停地搖頭，說：「我曾經聽爺爺說過幽靈森林是封鎖怨靈的結界，千萬不要進入！」

思怡突然放開了珈晞的手，瘋狂地拔腿跑進了森林。

「思怡，等等我！小蓍，我們沒有選擇了，快追回思怡再說。」

小蓍拍着翅膀跟着追上去，心裏卻充滿了不安。

進入森林後，情況跟外面見到的完全不同：樹影婆娑、陰森恐怖，還不時傳來嚇人的鬼哭神號。珈晞轉身一看，已經看不見出路，她們被樹木重重圍住了！

原來剛才所見到的，不過是幽靈用來騙人的幻術。

思怡忽然大叫一聲，隨即昏倒在地上，珈晞上前扶起他，失驚大叫：「思怡，妳怎麼了？」她看着重重圍住他們的參天大樹，竟然無助得想哭。

「珈晞，不要害怕，我的預知能力告訴我，我們一定沒事的。」小蓍握着珈晞的手，向她輸出了一股暖氣，令她全身頓時溫暖起來，心裏充滿了希望。小蓍又向思怡呼出了一口氣，她即虛弱地睜開眼睛，莫名其妙地看着小蓍，說：「發生了甚麼事？這是甚麼地方？我怎麼會在這兒？」

「妳清醒過來就好了，剛才妳突然發了瘋似地奔入森林，然後又昏迷了，幸虧小蓍救了妳。」珈晞說。

「是嗎？我記起了，剛才，我的耳邊忽然響起一個男人的聲音，他叫我進入森林，然後我的腦海就一片空白了。」

「妳一定是聽到了幽靈的呼喚。我記得爺爺說過月之國本來是由精靈和一個不死巨人族一起統治的共和國，它的人民都擁有高等智慧，更掌握了製造核子武器的尖端技術。五百年前，巨人族為了吞併精靈族，發動了一次核子戰爭，結果戰敗。巨人族的族人為了逃避常義女王的追殺，決定逃入幽靈森林，和怨靈一起引誘人類進入，然後吸食他們的精氣維持生命。」小著說。

「我們豈不是會成為怨靈的食物？」思怡感到毛骨悚然。

「思怡，看！」思怡順着珈晞的視線看過去，只見一個沒有頭顱的人，不，正確地說，應該是一個左手拿着自己頭顱的人？鬼？正唱着歌，一蹦一跳地跑向她們。

可是，思怡沒有等他？它？走近來，就已經嚇得拉緊珈晞的手慌忙瞎跑，小著則死命抱住珈晞的另外一隻手臂。

也不知道跑了多久，大家才氣喘吁吁地停下了腳步。

「累不累？」有人在珈晞的身後問。

「累死了。」珈晞轉身一看，竟然是它！她「哇」的一聲，拉着思怡往前跑。

「別再跑了，好嗎？我不想繼續玩這個沉悶的追逐遊戲。」它一蹦一跳地追上來。

「哎呀！」珈晞大叫一聲，給石子絆倒在地上，小著像個滾地木瓜似地向前翻滾了幾個筋斗。

「哎呀！痛死我了，嗚——」小著忍不住哭了起來。

「別哭，好孩子別哭。」那個「它」安慰小著說，「別怕，我只是一個可憐的、寂寞的巨人族守門將軍。我在打仗時給精靈砍掉了頭顱，現在只好一天到晚抱着頭守衛這兒。因為已經幾百年沒有人到訪過幽靈森林，所以我才會那麼興奮。我叫夏耕，夏天的夏，耕田的耕，請問各位高姓大名？」

珈晞聽了夏耕的話後，一顆心才安定下來，她說：「夏耕將軍，我叫巫珈晞，她叫小著……」這時，她發現思怡不見了，「思怡呢？」

夏耕說：「她跑進了夢魘山洞。」

珈晞忙說：「求你帶我們去夢魘山洞找她，求求你！」

「不是我不幫忙，只是巨人族有一個規則：我們只會幫助付得起錢的人。」夏耕嚴肅地說。

「那麼，你要多少錢，我身上只有一百元。」珈晞說。

「我不要人類的錢幣，我要妳幫我解決一個難題。」夏耕說。

「甚麼難題？」小著好奇地問。

夏耕指了指自己的頭顱，說：「想辦法令我的頭顱和身軀再次二合為一。」

「這怎麼可能？」珈晞覺得他有意為難自己。

「辦不到，就算了。」夏耕擺出一副毫不妥協的面孔。

「珈晞，我有辦法。」小蓍說，「首先，請夏將軍將頭顱放回脖子上，然後，珈晞，妳脫下圍巾，縛在夏將軍的脖子上。」

珈晞依照小蓍的話做，仔細地縛好夏耕的頭顱，說：「弄好了，夏將軍，現在你好看多了。」

夏耕不好意思地笑了笑。

小蓍默默地唸起了咒語，一道綠色的光就圍住了夏耕的脖子，然後他全身都發起光來，小蓍就停止唸咒語，說：「夏將軍，你摸摸脖子看看。」

夏耕一摸，感動得哭了：「謝謝妳們！」他擦一擦眼淚，「我現在帶妳們去夢魘山洞。」

到了山洞口，他就跟珈晞、小蓍告別，又善意地說：「你們要小心點，這山洞是一個叫人夢想成真的仙洞，進去的人，寧願餓死，也要永遠留在那兒。怎樣？妳們還有勇氣進去拯救朋友嗎？」

「有！」她們以堅定的口吻說。

「夏耕將軍，謝謝你！再見。」珈晞說。

夏耕將軍已轉身離開了，風裏飄盪着他響亮的聲音：「祝你們好運。」

（七）夢魘山洞

當看見黑不見底的山洞時，一陣複雜的情緒又忽然湧上珈晞和小著的心頭。她們對望了一眼，半晌，才克服了心裏的恐懼，緊握着彼此的手踏進這可怕的山洞。

黑壓壓的山洞裏，伸手不見五指，小著點起了火炬。

前面傳來陣陣淙淙的流水聲，她們順着水聲而去，看見一個水簾洞，洞頂射入溫暖的陽光，洞中央有個水池，水池中央有一塊大石，大石上躺着巫思怡。

珈晞和小著穿過水簾，跑向思怡。她雙眼張開，可是沒有焦點。珈晞抱起她，說：「思怡，快醒一醒！小著，妳快唸咒語救醒她。」

小著忙唸咒語，思怡很快就醒了過來。

「思怡，妳醒來真好，我們快離開這兒。」珈晞說。

思怡卻說：「我不走，妳自己走吧，我在這兒很快樂，爸爸媽媽都陪伴着我。」

「這些都是幻象，都是假的，思怡，快跟我們離開。」小蓍說。

思怡難過地看着她們。

「我們一起離開這兒吧，思怡。」珈晞扶起思怡，拉着她的手，「我們一起回家去。」

思怡無奈地點點頭，慢慢地跟着她們走出山洞。

剛出山洞，就有一個大火球迎頭擲過來，她們連忙躲避。

大大小小的火球，像流星雨般擲過來，小蓍唸起咒語，雙手拉出了一堵透明的牆，反彈火球回去。

一陣強風吹過，火「蓬」的一聲，迅速地吞噬整個幽靈森林，樹林都在「劈靂啪啦」地亂叫。怨靈四處逃竄，嚎哭聲震天，叫人聽得心驚膽跳。

火光中站着一個全身火紅的俊美男子，冷酷無情地一閃而到她們面前，掌心又一連射出數十個火球。

小著終於抵擋不住，摔倒在地上，保護牆也隨即消失。火，更燒焦了她部分頭髮，燒傷了她的身體。

珈晞忙衝上前去，用身體保護小著，那男子又連射出數十個火球，火球直衝珈晞。在千鈞一髮間，珈晞的身體射出一股氣流——這是一種來自遠古的力量，一種孕育萬物，取之不盡的力量。

那男子忙彈開數丈遠來避開這力量，但他隨即回復鎮定，一陣狂笑，舉掌準備再擲出火球的時候，奈何公主忽然出現在天空中，用一股氣流將火球送了回去。

「炎魔，月之國跟你從沒結怨，為何闖入我們的結界裏？」奈何公主厲聲地問。

「奈何，我這次是為巫珈晞而來，妳最好別插手。」炎魔怒目而視。

「我怎會眼巴巴看着你在我們的結界裏搗亂？快離開月之國！」

「我是奉了魔王的命令而來，才不會輕言放棄。」

「哼！話不投機半句多。」奈何已經舞動手臂，發射出四條強而有力的水柱，水柱反映着火光，像一條橙紅色的致命絲帶，衝向炎魔。

正當他們打得難分難解之際，一個黑衣人出現在他們面前。

這份稿的內容到此就完結了，究竟那個「黑衣人」是誰？連我也忘記了。那個「黑衣人」就這樣變成了時間洪流裏的一個謎團。但是，我清晰地記得當時是想寫一段水和火的戰鬥場面，可惜只寫了幾句，還沒有寫完就放下了。

孕育巫女的「靈皇店」

從後頁「靈皇店」的稿件，看見我更改了系列的名稱，由「巫女」改為「巫師」，可見我當時想將故事的格局由巫女擴展到整個巫師集團，所以寫了「靈皇店」。而且，這個時期也定下了更多章節的寫作重點：「情約」、「謫仙記／天女怨」、「半神人」、「心月狐」、「蝴蝶．夢」和「彩蝶悲歌」。

情約
謫仙記／天女怨
半神人

心月狐
蝴蝶。夢
彩蝶悲歌

巫師傳——月之國　　　　蘆葦

1. 靈皇店

在重慶裏，有一家小小的甜品店，店名「靈皇店」。這家小店有兩層高，店面不大，只賣甜品和保健飲料。可是，店後是一片大花園及一幢三層高的房子。

店老闆巫名和妻子巫若英奉巫師集團主席——巫家諾之命成婚，一塊兒撫養和保護那個超越時空來到這兒的嬰兒。他們婚後就在這兒以普通人的身份開了這家小店。這店經營至今已經十三年，和他們的女兒巫憂共齡。

這天黃昏，沒有生意，店面冷清得很，因為並不是旅遊旺季，而且已經快是晚飯時間，巫名點算完了這天的收入，站在店門口看着萬家燈火一點點地亮起來，陣陣飯香吹進鼻子裏，他的肚子頓時餓了起來。該是關門的時候了，他心裏想，妻子和女兒應該已經燒好飯等着他回去。

他準備關門時，一個風塵撲撲的外地男子一手推門進來。他滿面鬍鬚，一臉滄桑，穿着一件半舊深褐色外套，乾淨的白色長襯衣，半舊的深褐色長褲及一隻深褐色舊皮鞋。雖然疲倦，雙目卻閃爍着智慧之光。

他以標準普通話說：「老闆，有甚麼可以吃的嗎？」

「我這家店只賣甜品和保健飲料。」

「噢，那……請給我一客您店的招牌甜品和來一杯茉莉茶，謝謝。」

「好，請等一下。」

巫名從冰櫃裏取出一客名叫「幸福」的果凍出來。這果的樣子和一般桂花杞子果凍差不多，可是，它裏面放了一點兒巫家的秘方靈藥——使人感到幸福的瑤姬草。巫名把甜品和茉莉茶放在客人的桌子上。說了一句：「請慢用。」就走到廚房去拿出明天要出售的甜品出來，把它們放進冰櫃裏去冷凍。

放好甜品後，他瞧了瞧客人那邊，看他吃完了東西沒有。他剛吃了一半「幸福」，眼裏洋溢着笑意，可是，他呷了一口茉莉茶後，神情卻起了變化，一陣黯然神傷籠罩着他，然後，兩顆眼淚沿着他的面頰流下來。他從衣袋裏掏出一塊乾淨的手帕，抹了抹雙眼，再沉默地一口一口地呷着茶。

「先生，不好意思，打擾一下，請問還要點甚麼嗎？」

我听说您这家店还专门为人寻找失踪人口，所以冒昧过来找您帮忙。

「沒有……不好意思，我每一次喝茉莉茶或是看到茉莉花就會莫名其妙地悲從中來。我的親人朋友都說我曾經有過一位叫白茉莉的未婚妻，可是，我好像患上了失憶症，一點兒也想不起來。而且，她十三年前在重慶失蹤了。」

「原來這樣。那個女孩子一定是個好女孩，我希望你快點想起來，也希望你們快點兒團聚。」

「謝謝你的祝福。」那客人的眼中充滿了感激之情。

巫名純樸一笑：「您恐怕是我今天最後一位客人，我請您喝一杯特別的茶。」

說完，就去廚房裏拿出一杯熱騰騰的茶遞給客人說：「請用茶，這茶叫『前塵』。」

「『前塵』，好特別的名字。」他喝了一口說，「這茶苦中帶甜，叫人有一種淡淡的憂愁。」

他一口氣喝下整杯茶，說：「老闆，謝謝您的茶。我回旅館去啦。」然後，站了起來，從外套的口袋裏取出一張名片交給巫名，「這是我的名片，我叫張傑，如果有聽說白茉莉的消息，請您通知我。我會很感激您的。」說完，就踏着沉重的腳步，推開門走了。

巫名關上了店門，關了燈，推開後門，鎖上後門，踏上一條卵石小徑回家去。

2. 前塵

這天晚上，巫名和妻子一塊兒在忘歸堂裏和古丰事家江離討論着今天晚上的事兒。

「這人是誰？您感應到甚麼異樣嗎？」巫名把名片交給江離。

江離拿着名片，雙目緊閉了一會兒，張開眼睛說：「是一樁麻煩事兒。他十三年前時空之門的事兒有關係。我感應到一股仙氣，真奇怪。」

「我和若英今天晚上到那個人的旅店去調查一下，好嗎？」

「也好。」

「我们还是不要插手这桩麻烦事了。」

「说的也是。」

这时候，他们的宝贝女儿——巫珈啡穿着一身白色连衣长裙走了进来。

「爸爸妈妈，你们在讨论着什么有趣的事情吗？我可以听听吗？」

巫若欣招手叫女儿走过来坐在自己身边的椅子上。大家聊起家常话来。

「情約」和「心月狐」寫成了孋姬及白茉莉的故事；「謫仙記／天女怨」和「半神人」寫成了巫言、巫忘、黃土及孫織的部分；「蝴蝶·夢」和「彩蝶悲歌」就寫出了高陵和彩蝶的悲劇。

從這份稿件可見，到訪「靈皇店」的是張傑，當時張傑已經忘記了白茉莉，可見我已經寫了白茉莉的部分。店主——巫名不再是巫咸的後人，而是一個次一等的角色，他遵從巫師集團主席——巫家諾之命和巫若英結婚，一起撫養彩蝶和高陵那個被白茉莉從古代帶到現代的小公主。江離這個人物首次登場，是一名占卜師。後來，我改寫和增刪了很多內容，最終以高陵到訪「靈皇店」為定稿。

以下是「靈皇店」的初稿。

《巫師傳——月之國》「靈皇店」

在重慶，有一家小小的甜品店，店名「靈皇店」。這家小店有兩層高，店面不大，只賣甜品和保健飲料。可是，店後卻有一片大花園及一幢三層高的房子。

這店的老闆——巫名和妻子巫若英奉巫師集團主席——巫家諾之命成婚，一塊兒撫養和保護那個超越時空來到這兒的嬰兒。他們婚後就在這兒以普通人的身份開了這家小店。這店經營至今已經十三年，和他們的女兒——巫憂同齡。

這天黃昏，沒有生意，店面冷清得很，因為並不是旅遊旺季，而且已經快到晚飯時間。巫名點算完了這天的收入，站在店門口看着萬家燈火一點一點地亮起來。陣陣飯香吹進鼻腔裏，他的肚子頓時餓了起來。該是關門的時候了，他心裏想，妻子和女兒應該已經燒好飯等着他回去。

他準備關門時，一個風塵撲撲的外地男子卻一手推門進來。他滿臉滄桑，穿着乾淨的白色襯衣，半舊深褐色外套、長褲及皮鞋。雖然疲倦，雙目卻閃爍着智慧之光。

他問：「老闆，還可以點菜嗎？」

「我這家店只賣甜品和保健飲料。」

「那……請給我一客這店的招牌甜品和來一杯茉莉花茶，謝謝。」

「好，請等一下。」

巫名從冰箱裏取出一個名叫「幸福」的果凍出來。這果凍的樣子和一般桂花杞子果凍差不多，可是它裏面放了一點兒巫族的秘方靈藥——使人感到幸福的瑤姬草。巫名放甜品和茉莉花茶在客人的桌子上，說：「請慢用。」就走到廚房去拿出明天要出售的甜品出來，放它們進冰箱裏去冷凍。

放好甜品後，他瞧了瞧客人那邊，看他吃完了東西沒有。

那客人吃了一半「幸福」，眼裏洋溢着笑意，可是，他呷了一口茉莉花茶後，神情卻起了變化，黯然神傷地皺起眉頭，然後兩顆眼淚沿着他的面頰流了下來。他匆忙地從衣袋裏掏出乾淨的手帕，抹抹雙眼，再沉默地一口一口地呷着茶。

「先生，不好意思，打擾一下，請問還要點甚麼東西嗎？」巫名問。

「沒有……不好意思，我每一次喝茉莉花茶或是看到茉莉花時，就會莫名其妙地悲從中來。我的親友說我曾經有過一位叫白茉莉的未婚妻，可是我好像患上了失憶症，一點兒也想不起來。而且，他們說她十三年前在重慶失蹤了。」

「原來這樣。我希望你快點兒想起來，也希望你們快點兒團聚。」

「謝謝你的祝福。」那客人的眼中充滿了感激之情。

巫名說：「你恐怕是我今天最後一位客人，我請你喝一杯特別的茶。」說完，就去廚房裏拿出一杯熱騰騰的茶遞給客人，「請用茶，這茶叫『前塵』。」

「『前塵』，好特別的名字。」他喝了一口，說，「這茶苦中帶甜，叫人有一種淡淡的哀愁。」他一口氣喝下整杯茶，「老闆，謝謝你的茶。時間已經不早，我還是回旅館去了。」然後他站了起來，從外套的口袋裏取出一張名片交給巫名，「這是我的名片，我叫張傑，名片後面有我未婚妻的相片。如果有她的消息，請你通知我，我會很感激你的。」說完，交了名片給巫名，就踏着沉重的腳步，離開了。

巫名鎖上店門，關了燈，推開後門，鎖上後門，踏着一條卵石小徑回家去。

這天晚上，巫名和妻子一塊兒在忘歸堂裏和占卜專家——江離討論今天遇見張傑的事情。

「這人和絕情林似乎有點兒關係，你感應到甚麼異樣嗎？」巫名交名片給江離。

江離拿着名片，雙目緊閉了一會兒，張開眼睛說：「是一樁麻煩事。他跟十三年前時空之門的事情有關係。我更感應到一股仙氣，真奇怪。」

「我和若英一會兒去張傑居住的旅館調查一下，好嗎？」巫名說。

「也好。」江離說。

後來，我做了很多修改，不過修改後的版本也沒有被用到最後出版的定稿裏。但是，看看這些修改的過程，也覺得挺有趣的。的確，張傑和白茉莉的愛情故事真的是還沒有完結，就像雲中月和江離那段苦戀般，在等待着我繼續寫下去。

很多看了《時間精靈》的朋友們都曾問我：「然後呢？」

我只能不好意思地回答：「我暫時也不知道啊！」

朋友又說：「給他們寫個好結局，好嗎？」

我不敢輕易答應，因為連我自己也不知道那將會是一個怎樣的故事。

憂傷的「花神咖啡館」

「花神咖啡館」（這三張手稿現已捐贈予香港文學資料室）應該成稿早於「靈皇店」，是關於高陵、彩蝶和花無雙的初稿。我本來想將他們寫成三角關係，後來改變了主意，以高陵和彩蝶矢志不移的愛情為定稿。

但是，「花神咖啡館」的構思和這個憂鬱的調子並沒有給扔掉，我加了很多內容，修改了文字，將館子易名為「愛神咖啡館」。它出現在《時間精靈》第三集，成為陳子君和航生相識、相愛的地方。以下，是「花神咖啡館」的原始手稿。

雖然這些原始手稿跟後來的定稿有很大差別，但是我卻認為它們比後來的定稿更重要：很多構思萌芽時，都是很簡單的片言隻語或畫面，但是我必須用盡全力地捕捉它們，因為這就是靈感之神送給我的禮物，將決定小說的基調。

第……頁

花神咖啡館

—破碎的女人／~~彩蝶~~—闋悲歌

夜。

夜市。

夜市永遠是熱鬧的，夜市中永遠有各式各樣不同的人。

但李高陵卻覺得這世上彷彿只剩下他一個人，根本沒有別人存在。

因為他所愛的人都離他很遠，太遠了，彷彿已變得很飄渺，很虛幻，他幾乎不能感覺到他們的存在。

他已經聽到巫言的消息，可是——

彩蝶呢？

沒有蹤跡，沒有消息，只有思念，永恒的思念。

「天長地久有盡時，此恨綿綿無絕期。」

這兩句詩的文字雖淺近，其中含蘊的情感卻深邃如海。

但倘若非知情的人，又怎會體會到這其中

20 × 20 = 400 字

第……頁

的辛酸滋味？

遠處有吉他在伴着悲歌。

沙啞的聲音，如思如慕：

「雖然我在笑，但你可以看透

我的傷心是無言的悲哀

走向你的路太遙遠

我無達法走上去

我不能這樣讓你去走……」

高陵呷了一口咖啡，看着暗淡的燈光，眼裏無限悲涼。

他喝咖啡的地方——《花神咖啡館》，只不過是間很小的咖啡館。

這條小巷裏一排都是小小的咖啡館。到這種地方來的，都是很平凡的小人物，誰也不認識他，他也不認得別人。

他喜歡這種情調，帶有些蕭索，帶有些寂寞，卻又帶着幾分灑脫。

世間的榮辱，生命的悲歌，在這些人心目中，都已算不了甚麼，只要有一刻的忙裏偷閒，就已足夠。

在這裏，既沒有得意的長笑，也沒有慷慨

20 × 20 = 400 字

第……頁

們悲歌。

夜色是如此平靜，如此淡漠……

忽然間，平靜中起了騷動。

20 × 20 = 400 字

二零一三年：沒有「陳子君」的《時間精靈》

二零一三年寫完了《時間精靈》第一集的第三稿——《着魔者》，這已經是一個完整的故事，但是故事的編排跟現在完全不一樣，也全以第三人稱全知角度敘述故事。

這種隱瞞敘述者和敘述行為的說故事手法，可以造成故事自己在進行的幻覺，比較容易達到內容真實可信的效果。而且，我當時那種編排方式的順序性較強，令寫的人和看的人，也比較容易掌握故事的脈絡。

《着魔者》的目錄頁是這樣的，我覺得故事的脈絡頗為清晰：

第一章 魔王的黑羽毛
第二章 財產繼承者
第三章 衝破封印而出的法力
第四章 彩蝶悲歌
第五章 解不開的結
第六章 長生的哀愁
第七章 明日天涯
第八章 迷失在月之國度
第九章 多情自古空餘恨
第十章 有情人長情約
第十一章 巫女和戰士
第十二章 流水落花春去也
第十三章 走向時空門
第十四章 木精靈的祝福
第十五章 封印法力
第十六章 回返人間世

那時候，其實已經寫好了第一集，以下是當時列印出來的作者簡介和目錄：

着魔者

作者簡介

畢業於香港中文大學中國語言及文學系，多年來曾以夏娃、石頭及泉揚等筆名發表作品。

目錄

第一章　魔王的黑羽毛
第二章　財產繼承者
第三章　衝破封印而出的法力
第四章　彩蝶悲歌
第五章　解不開的結
第六章　長生的哀愁
第七章　明日天涯
第八章　迷失在月之國度
第九章　多情自古空餘恨
第十章　有情人長情約
第十一章　巫女和戰士
第十二章　流水落花春去也
第十三章　走向時空門
第十四章　木精靈的祝福
第十五章　封印法力
第十六章　回返人間世

字數
54585

二零一四年：當「陳子君」遇上「時間精靈」

因為這個故事對我個人的意義太大，所以我希望加「自己」進故事裏去。二零一四年《時間精靈——巫女現身》的最終版本，加入了「陳子君」。故事的編排改為「現實」及「非現實」世界並行的故事結構，以「陳子君」這個「我」作為敍事者和寫故事的人。（當然，這個所謂的「現實」，只是指虛構故事的「現實世界」，有別於我們的現實世界。）

我覺得《蘇菲的世界》那種後設主義的寫作手法很有趣，給了我很大啟發。所以，當我想將「自己」加入故事裏去時，就嘗試用類似的方法。不過，《時間精靈》的故事世界設定了「陳子君」和那群長生一族是「共時存在」，而且有互動行為的生物。那群長生一族雖然是「陳子君」筆下的人物，卻不是「陳子君」創造出來的。「陳子君」既是故事記錄者，又是故事的參與者。

因為「陳子君」加入了故事裏，她的「戲份」頗有影響力，而且她與其他人物也會產生互動，所以已完稿的部分內容就要改寫和重新編排。我亦更改了章節的標題，以配合改動故事內容後帶給我的新感覺。

新的目錄頁就變成了這樣：

緣起

《海神》

冷夜離魂

公主歸天

有緣無份

靈山十巫

不堪回首

情深似海

受託

《巫師》

驚人變化

巫師之王

月之國度

往事回煙

女神護佑

地獄惡魔

逃出生天

緣滅

用了超過十一年的時光，以上的目錄，就成為了《時間精靈——巫女現身》的最終定稿。

是的，我終於寫完了一部自己期待中的長篇幻想小說的第一集，並且自資出版了。坦白說，除了想圓夢的作家本人，還有誰會笨到去為一個無名小卒出版這樣的冷門虧本貨？所以，這只是一個消費行為，這本書，是我送給自己的一份生日禮物。它面世時，我剛好過了「不惑之年」。

那時候，我只將它當作是與蛋糕同樣性質的東西，出版了，就完事了，就像蛋糕，吃完，就完事了，想不到卻幸運地獲得許多支持和寫作分享機會。

從出版這本書後，所遇到的一切美好事情，我都當作是人生的奇遇。奇遇，對我而言，是遇上了意想不到，但帶給我快樂的事情。我像經常進入仙境的凡人，遇上了很多新奇的事物，玩得十分開心。

不在仙境的時候，我仍會恰如其分地繼續做「自己」：一個熱愛創作、敷廉價面膜的「宅女」。

港鐵車廂內的穿越之旅

有一些手稿，是我在乘坐港鐵列車時完成的，原稿都毀掉了，除了以下這兩張（現已捐贈予香港文學資料室），因為它們夾了在一疊未寫的原稿紙裏。

在諸多回憶片段裏，我覺得在港鐵車廂內創作的時段，最教我品味到創作的魅力。對我而言，小說創作是虛幻而浪漫的。傾注所有情感和想像力，就為了能夠化身不同人物，浪遊浩瀚無邊的白日夢裏。車廂內的創作時段，是精神的抽離及毫無保留的任性。我陶醉在意識流的影像和舞動的文字裏，感到無比幸福。

創作後頁這一張手稿時，是有座位坐的。

20X25=500

《時間精靈》

在一個黑夜裏，一個黑衣人出現在黑色的街道上，我看見他，他也看見我。大家都知道這是一個。

不可知的世界裏，有一一個不可知的人生，我一說點事啊！

大家都不知如何回應對方。

心裏深處的恐懼，不可知的人生方向。

原稿紙

我與他對望。

第　頁

這個應該是大約二零一三年，出版《時間精靈——巫女現身》前寫的，是為「受託」部分而寫的。當時，我的腦海裏出現了一個片段：我看見陳子君的背影，她從租住的舊單位下樓，一推開出口的鐵閘，就看見巫言。她當時知道自己看見了異世界的居民，所以心裏有些想法，這手稿就是陳子君當時的想法。但是，後來我想令陳子君這個人物變得活潑些，所以她和巫言相見的部分也寫得比較輕鬆。

這手稿就留了起來，後來雖然文字修改了，但這個構思幫我完成了《時間精靈——前世今生》裏巫珈晞和楊戩首次見面的內容。

第二張手稿，是二零一六年《時間精靈》第一集修訂版的背頁文字的原始稿。

20X25=500

黎明將來臨，朝陽將驅散陰冷的黑夜。

白天來了，黑夜便要走了。縱然不願意，也是要走的。

有個人在等待。那個人在等待一個夢成真。

等待。

等待再見到夢中十個人。

風鈴聲響。那個人張目彷彿已經看見一道璀耀光

門，被人推開了。眼奪目的淡黃色光芒。

他你，是歸人？

還是……

原稿紙　第　頁

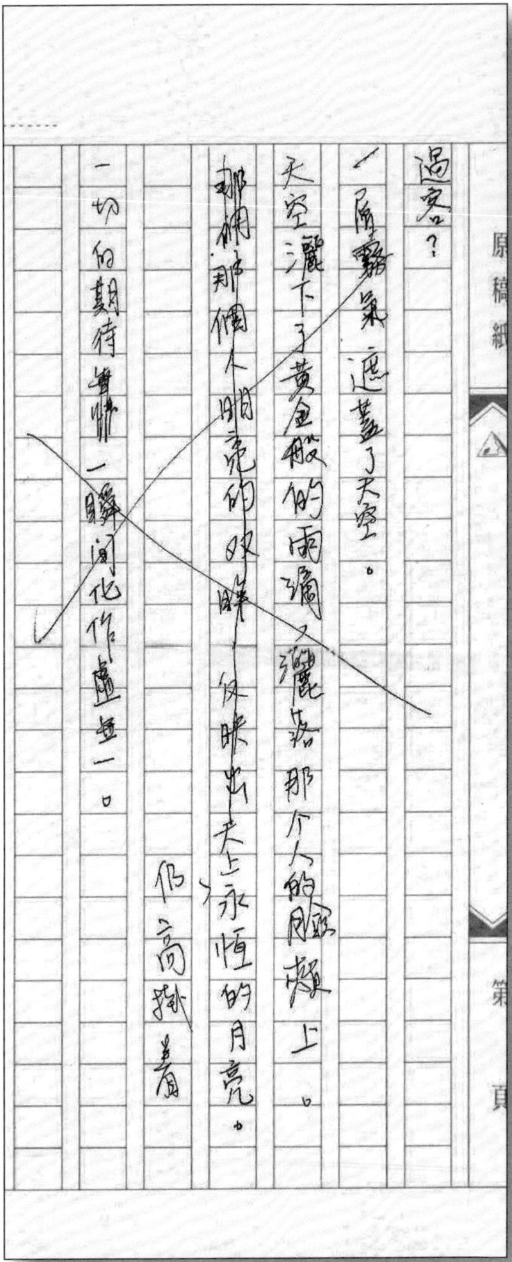

創作這張手稿時，是沒有座位坐的，我記得當時人多擠迫，所以我是背靠着車廂座位末端那片玻璃屏障，站着寫的。寫得頗凌亂，因為我當時拿出了一個文件夾，放原稿紙在上面，然後左手幾乎是四十五度角地拿着它們來寫作的，所以右手書寫時，顯得有點兒困難。

無聲的語言

畫，是無聲的語言。有時候，一幅畫比千言萬語更具震撼力。

我與畫是從甚麼時候開始結緣的呢？讓我想想看。

啊，原來是從那時候開始的。

漫畫書、卡通片……這些童年時代圍繞在我身邊，被視為生活一部分的東西，讓我喜歡上「圖畫」。

《銀河鐵道999》、《飄零燕》、《叮噹》……這些畫功精美，充滿奇思妙想的故事，為我枯燥乏味的童年抹上了繽紛的色彩。

長大後，我漸漸擴闊視野去欣賞不同的畫作：張大千的潑墨畫、林風眠的美女圖、吳冠中的水鄉、梵高的星月夜、莫奈的睡蓮……也喜歡上不拘一格又充滿生活氣息的民間繪畫。

大多數時間，我都是站在觀賞者的位置，去浸沉在畫家美好的作品裏。近年也嘗試為自己的小說畫封面和插圖，體驗創作的樂趣。雖然我仍然要努力地向不同「老師」學習，但創作這些畫作時的想法，的確補充了寫小說的心路歷程。

憶・往事

讀小學時，家裏沒有課外書可以看。那時候，唸上午校，所以下午做完該做的事情，也會在家長回來前看一些卡通片和兒童節目（我看着《430穿梭機》這個節目的誕生）。而且，在學校和家之間的路上，有一間二手漫畫書店，每本書賣兩塊或一塊五毛錢，是正價的一半或以下，我會用省起來的飯錢，買少量喜愛的書回家藏起來重複地看（我偷偷地收藏在衣櫃裏，後來被搜了出來，給進行了審查，我也接受了思想教育）。有一天下午，一個住在我家樓下單位，長了一雙大眼睛的女同學，突然帶了約二十本少女漫畫書上來送給我（她說同住的叔父發現了這些書，不准她再看），令我的藏品忽然暴增。

我覺得她是一個很有傳奇色彩的人物：她跟叔父同住，還養了一隻兔子（我到過她家一次，見過那隻灰色的胖兔子），但後來兔子死了，她很傷心。她是一個孤單的人，學業成績也不好。她有時候會跑上我家門口，坐在鐵閘外的地上跟我聊天。那時候，我是個很笨很孤單，又不懂得表達的小孩。因為我入讀一年級時，是一句廣東話都不會說的，家人也幾乎不會跟我聊天。有段時間，除了上學，我和年幼六年的妹妹會被安排獨留家中。那是一個沒有甚麼社會福利，兒童權利不被重視，老師可以體罰學生的年代，所以窮苦人家為了掙錢，獨留幼童在家也不是一件甚麼大事。

我留在家裏，也不是閒着的：要自己溫習、做家課，還要做家務和照顧妹妹。我記得要燒飯，洗衣服，用地布抹地，幫妹妹洗澡，餵妹妹吃飯……因為後來又多了一個妹妹，所以我更忙了，中學時就學會了開奶，洗奶瓶，換、洗尿布……完成所有事情後，才有時間做家課。如果第二天有測驗、考試，我就要一邊做飯、餵飯，一邊溫習，也沒有時間好好地完成家課。雖然我總是因為沒有做好家務而挨罵，但我小學時也沒有因為想做好它們，而放棄看卡通片。

家長極少帶我外出或批准我參與同學的聚會，小學時，我甚至不可以參加學校旅行（依稀記得其中一個理由：可能會在途中發生交通意外）。他們把屋子以外的世界描述得極嚇人，令我對外界充滿恐懼，並以為到處都是壞人。我直至現在仍是個很「宅」的「宅女」，也許就是因為他們巨大的影響力。

這個同學卻常常告訴我一些有趣的經歷，而我都信以為真，也覺得她是個很不可思議的人。她說自己的父母很富有，只是因為工作太忙，才沒有時間照顧她。她又說家裏人認識了一位王子，大家是好朋友（那些年，戴安娜王妃和查理斯王子的世紀童話婚禮，醉倒了不少女孩子的心。戴妃悲慘的下場，讓《灰姑娘》這類型的童話故事也「殉葬」了）。如我對家長的話深信不疑般，我對她的話也深信不疑。而且，她所說的事情跟我在漫畫書和卡通片裏看到的，實在太相似了，所以我沒有理由懷疑它們的真實性。

因此，我的內心初步建構了一個「外面的世界」：既充滿了壞人和可怕的事情，也充滿了美好的人和奇遇。

現在回想起來，那時候沒有發生不幸的事情，也真算是命大。我住的舊唐樓，旁邊有違法建築的木屋區，頂樓有僭建的天台屋，梯間也常有「道友」出沒。不過，沒有「黃色事業」，所以雖然沒有電梯，也算是低收入人士的不錯選擇了。

記得有一次旁邊的木屋區大火，我聽到石油氣罐的爆炸聲，從窗口看見近在咫尺的紅紅火舌，就打了個電話給外婆，然後取了收藏證件和金錢的小皮袋，叫醒正睡午覺的妹妹一起逃生。一開門，已見走廊的地上有很多積水和兩、三條從右邊樓梯延伸至左邊樓梯的消防射水膠喉。原來消防員早就來過，只是沒有拍門叫我們撤離。這也不能夠責怪他們，因為那種時候誰會想到在某個單位裏，會有兩個給獨留在家，不懂得逃生的小孩呢？

因為木屋區在左手邊，所以我本能地帶着妹妹走向右手邊的樓梯。由於不斷地聽到爆炸聲，令我心慌意亂，而且只穿了拖鞋，地面又濕滑，所以我在梯間滑了一跤。不過，我忙爬了起來，抱着嚇得走不動的妹妹，繼續下樓梯，因為外婆叫我走向斜坡上的那個休憩處（那兒只有一丁點小草地，草兒都是半死的狀態，也有幾張破舊的木椅子），坐在木椅子上等她。

整個過程，我都渾身顫抖個不停，但是我沒有哭。妹妹常常哭，但是我很少哭。哭，哭給誰看？哭，有甚麼用呢？如果出了事只懂得坐着哭，一定會死得更快，因為沒有人會來拯救我。我也不會撒着嬌裝哭，了解我的人就知道，其實我的內心是一個「漢子」。不過，我也是一個有感情的人，所以我也會哭，會因為看到一些令我情緒波動的事情，基於同理心而哭，會因為悲傷，而不由自主地流淚。

那次火災，雖然我已經盡力地做到最好，但結果還是被責罵了，因為我不懂得關窗和鎖鐵閘。那是一個經常發生搶劫和爆竊案件的年代，很多不法之徒會趁火打劫，所以我感到很自責。

可能因為那次走火警的經歷太深刻，我每隔一段時間，就會做同一個夢：我在灰暗的走廊和樓梯間，不停地走來走去，我明明知道某個單位就是我的家，但走到那個位置時，它永遠是別人家的大門。然後，我會一直在不同樓層的走廊徘徊，一次又一次地上落那條暗無人影，令我毛骨悚然的樓梯。我越走越焦慮，甚至開始感到有看不見的可怕東西在靠近。跟着，總會看見一個開了門的單位，裏面很暗，放了些像原始部落的可怕圖騰擺設，有時候沒有人在，有時候，我會見到一個灰色的背影在膜拜它們。背影的主人有時會回頭看我，但我從未清楚看見那人的容貌，然後他會招手示意我進去。不知為何，我直覺地認為這是一個危險的訊號，會毫不猶豫地拔腿就跑，跑過走廊，跑下樓梯，尋找大廈的出口，但總是找不到。最後，我會心跳加速，渾身冷汗地嚇醒。

細心地回想，夢中那個人其實從來沒有追出來。可惜，我也從來沒有逃離過那幢唐樓，沒有找到家的大門。

我是一個未成年家庭照顧者，沒有好好地做過「孩子」，更沒有機會像一般人那樣從「孩子」過渡到「成人」，也因為自小學開始，除了去學校上課，就過着被困在家裏的生活，所以沒有機會真正去認識身處的社會。直至大學，才忽然隻身走進一個對我而言十分陌生、廣闊的「外面世界」，所以那時候我覺得無所適從、無法適應，感到壓力極大。我記得大學一年級時，新生都要填寫一份壓力調查的問卷，我因為幾乎得到滿分，而獲得了輔導的機會。

不過，我後來仍然一直被社交障礙和情緒問題困擾。由於我並沒有向任何人解釋過自己的情況（不說出自己的過去和個人問題，並非怕別人會因此瞧不起或歧視我，也不是深藏不露。只是覺得每個人都有自己的擔子要背負，沒有責任為我分憂），所以有時會因為自己某些不合群的行為而被誤解，更被某些人嘲諷、抨擊、排擠……在那些孤單、寂寞的日子裏，我會重複地聽羅文所唱的《前程錦繡》（盧國沾作詞，小椋佳作曲），那些歌詞，真的很勵志：

斜陽裏 氣魄更壯
斜陽落下 心中不必驚慌
知道聽朝天邊一光新的希望
互助互勵又互勉 那怕去到遠遠那方
前程盡願望 自命百煉鋼
淚下抹乾 敢抵抗高山 攀過望遠方
小小苦楚等於激勵 等於苦海翻細浪
藉着毅力 恃我志氣 總要步步前望

所以，《時間精靈》的「緣起」這樣寫：

放棄，很容易。不過，放棄等於永遠失去。失去夢想？我不願意。天很黑。

看一看手錶，原來已經晚上十一時。再過一個小時，就是明天。明天，太陽又會從東方升起來，光芒萬丈地照亮我的前途。

我應該要振作起來，振作起來。

感覺靈感很快會一湧而上，所以我要快快回家，寫下首部驚世傑作。

我深信每個人都是獨特的，也會遇上一些跟自己合得來、互相欣賞的知己良朋。從前會因為別人誤解自己而不開心，但隨着年齡漸長，反而覺得那些挫折是上天的恩賜，可以提供反省和改善不恰當言行的機會給我，讓我成長。

我從沒有否認自己充滿缺點和出身寒微的事實，並深信這無損我的人格，也不會令我被剝奪追求美好日子的自由和權利。每個人都必須帶着從前和真實的自己，尋找前路。否認昨天和真我的人，注定沒有將來。

實在扯得太遠了，現在讓我說回那個同學。

後來，她說自己跟叔父吵了架，決定搬回家跟父母同住，不久，她就退了學，我們也沒有再聯繫。升上中學後，我在街上遇到一個小學的舊同學，他說那個同學淪落風塵了。想不到，有一天，我竟然在街上重遇她，她穿得很美，跟我打了個招呼，我當時仍然是個極不擅辭令的人，只是呆呆地跟她點了點頭，也忘了她還說了兩句甚麼話，總之，我們很快就道別了。從此以後，我們再沒有見過面。不過，我真的很感謝她送我那麼多漫畫書。當家長不在家，我完成了要做的事情後，就會翻看那些書，並仿畫裏面的圖畫。

但是，我渴望成為一個作家，卻從沒想過要當一名畫家，也許是因為文字可以更直截了當地表達我的想法。而且，寫作只需要一支筆，一張紙，但畫畫卻需要不同的工具、顏料，較大的空間，也最好先打好寫生這個基本功，當時的我怎可能擁有這些條件呢？不過，我相信外在的條件並不是最重要的，如果熱切地渴望成為畫家，還是會衝破一切障礙實現夢想。所以，這是心靈的選擇。

但是，我渴望為自己的小說畫封面和插圖。雖然我的畫總是無可避免地暴露出拙劣的畫功，不過這並不會妨礙我的創作決心。為甚麼不找專業人士代勞，畫出符合大家期望的好作品？因為我追求的，是百分百屬於個人的創作歷程。

「寂寞」和「歡樂」，是我這個階段最想畫的主題。我用水彩、塑膠彩和墨，在菊四開（297x420 厘米）的水彩畫紙上畫出心裏的影像（因為黑白畫有我從前看的漫畫書的感覺，彩圖卻勾起了有關卡通片的回憶，所以實體書裏面的圖畫是黑白色的，但電子書裏面的，則是彩色的）。儘管總是畫不出幻想中的美好，不過繪畫的「經歷」，本身就足夠滿足我的心，令我感到很幸福。

「寂寞是一條長蛇」

「寂寞」，不可捉摸，但可以令人心碎，足以致命。對我而言，找不到知音，找不到可以對等地交流同樣感情的人時，就會覺得很寂寞。

對有些人而言，也許，「離開」就是寂寞的出口。

其實，「救贖」可能一直在身邊，但我們的目光卻只看見黑暗，對「救贖」視而不見。

其實，只要換一個看世情的視點，眼前的一切就會變了顏色——「希望」也許會遲到，但始終會到來。

有人問：「妳畫的寂寞女人怎麼越來越不像一個『人』，而像一條蛇，一條白蛇？」

2022

我想了又想，終於明白了，這是因為一句令我印象深刻的詩句：「我的寂寞是一條長蛇」。我大學修讀新詩課的時候，老師說這句詩寫得真好，能夠具體地寫出不具體的「寂寞」。那時候，我也很有同感，因為覺得蛇會纏繞着人不放，很恐怖，跟寂寞的性質十分相似。後來，才知道詩人創作時，並沒有這麼沉重的想法，他要寫的，是愛情的寂寞而已。

《蛇》，這首詩的首句，是「我的寂寞是一條長蛇」。它是中國抒情詩人馮至（1905－1993）的作品，寫的是一個「單思」少年的寂寞。網絡上的資料說：他的創作靈感來自一幅畫，畫中有一條蛇。蛇的「尾部盤在地上，身軀直長，頭部上仰，口中銜着一朵花」，他覺得牠「秀麗無邪，有如一個少女的夢境」，因此創作了這首情詩。

說到蛇，又說到愛情，怎能不談一條名留千古的白蛇——白素貞？

戲曲奇幻故事《白蛇傳》中的白素貞，是介乎妖和人之間的生命體，整個故事就是在敘述她由妖「進化」成為人的過程。她起初是妖，後來越來越變得持家有道、賢良淑德，並懷孕生子，就「進化」成了一個人。當白素貞是妖時，她自由自在，但她產子成為人後，也是永囚雷峰塔，從此失去自由的時刻。

故事中，法海囚禁白素貞在雷峰塔裏，是因為歧視妖精的一貫思想和做法。遇上法海，只是因為白素貞交了霉運。真正可怕的人，是出賣枕邊人的許仙。初相識時，他明知道白素貞是個來路不明的女人，但他接受了她，因為一個「貪」字——貪色貪財，而不是因為愛。白素貞一開始可能只當許仙是獵物，但後來動了情，漸漸不能自拔地付出了一切。法海建議許仙用雄黃酒試探妻子，許仙不念夫妻的恩情，選擇了接受建議，並積極地採取了行動。不管後來的改編版本如何合理化許仙的行為，也遮掩不了他寡情的本性。

我一直認為他們之間不曾擁有過「愛情」，《白蛇傳》只是白素貞的單戀故事而已。她一開始就說謊欺騙許仙，許仙貪戀她幻成人身的色性，卻從沒有愛過她蛇的本相。如果許仙能夠愛上她變成一條蛇的樣子，那麼這才可以算是一個相戀的愛情故事。所以，即使沒有了法海，也會有另類「法海」（如第三者）的出現，結束這段夫婦各懷心思的婚姻。它的確是「可泣」的，卻沒有甚麼「可歌」之處。

而且，當一個人毫無保留地去愛另一個人時，也是最沒有把握，最寂寞的時刻。試問世間上有多少人可以用對等的愛去回應毫無保留的愛呢？所以，由白素貞傾盡所有去愛許仙的那一瞬間開始，就注定了要永遠做個寂寞的人。

舞舞舞吧，精靈們

對我而言，在安逸、無愁時最能夠感受到內心的「歡樂」。那些時刻，人們總是豐衣足食、身體健康，既願意付出愛，也會同樣地被愛。

我選擇用精靈們的世界去表達這個主題，因為在我的小說裏有一群小精靈，她們如孩子般可愛，而且生活豐足。

各種花卉、植物、農作物……都是精靈藏身、出沒的好地方。為了繪畫「歡樂」，我花了點時間去看不同畫家的「精靈畫」。它們真是精美絕倫，但我不想「依樣畫葫蘆」。我覺得同一朵花、一種顏色、一件物品……在不同的文化裏，就會有不一樣的集體回憶和象徵意義。而且，創作人也有個人經歷，所以每個人的作品最終都會有獨特的取材和表達方式。

我創作時，也應該要讓自己的作品擁有屬於它的故事。

有一天，在翻閱舊書時，發現了一本有關中國現代民間繪畫的畫冊，裏面那些充滿生活氣息的作品，勾起了我六歲前關於故鄉的一些美好回憶：我在家門前的小溪捉過魚，走過田間的阡陌路，看過大大的水車，收割過田裏種出來的菜……還看過戲曲、布袋戲……的表演。

回首前塵，我總是處於「趕時間去完成很多事情，卻沒有一件事是做得滿意」的狀態，已經幾乎遺忘了那段悠閒、無憂的歲月。在重拾那些回憶的時候，我還驚訝地發現了一些沒有察覺到的事實：幼年的生活經歷，成為我長大後熱愛民間藝術的主要原因，也是歡樂的泉源。逆境令我變得過分保守和謹慎，但其實我本來也是一個淘氣、愛冒險和「天跌落嚟當被冚」的人。

那個純真的我，不就是精靈們最好的玩伴嗎？

活潑的精靈們似乎也發現了我的「發現」，所以她們都笑嘻嘻地跑進我那些美好的生活時光裏去了。

看！她們正在享受着懶洋洋的下午，在暖風裏翩翩起舞。

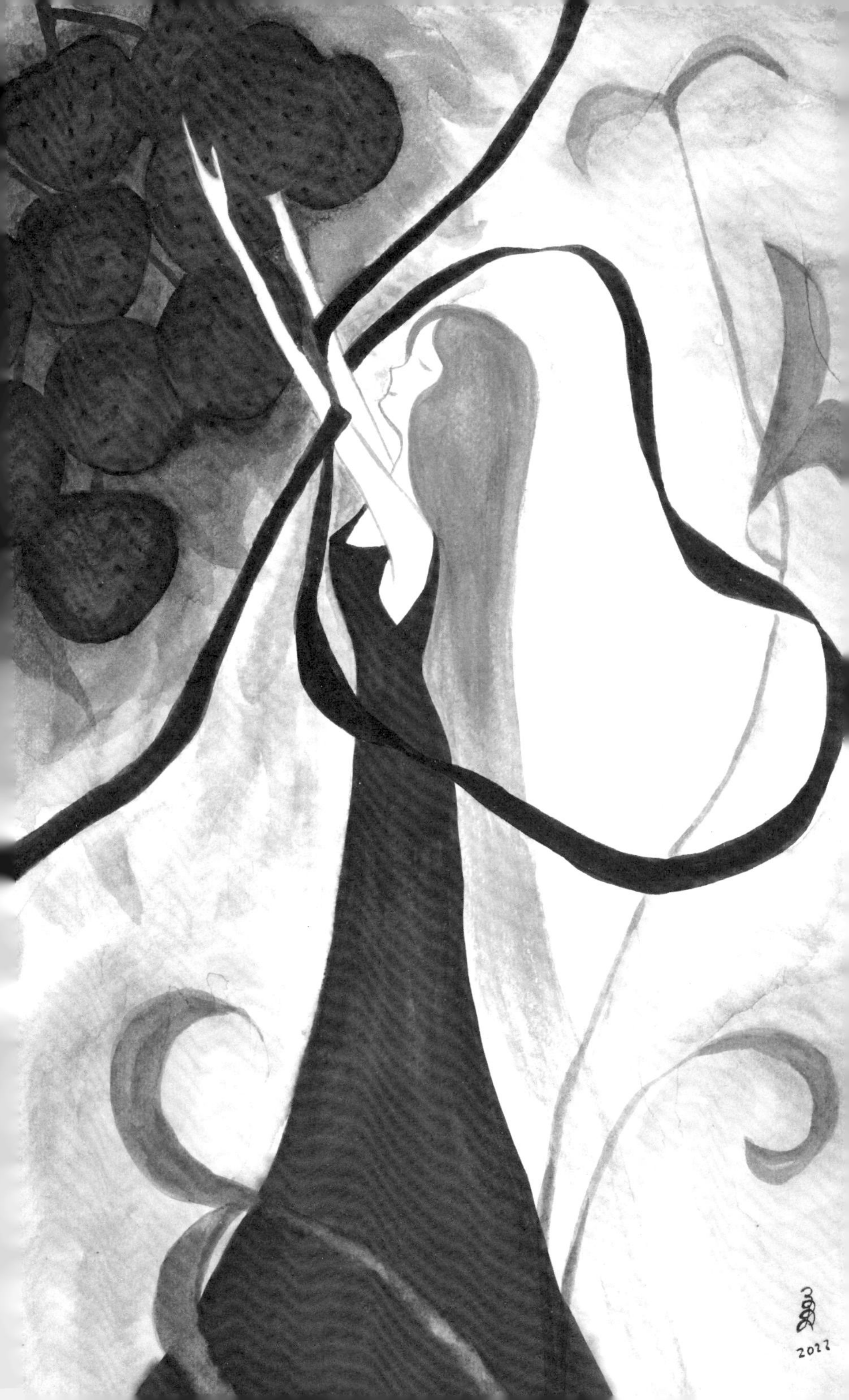
2022

2022

2022

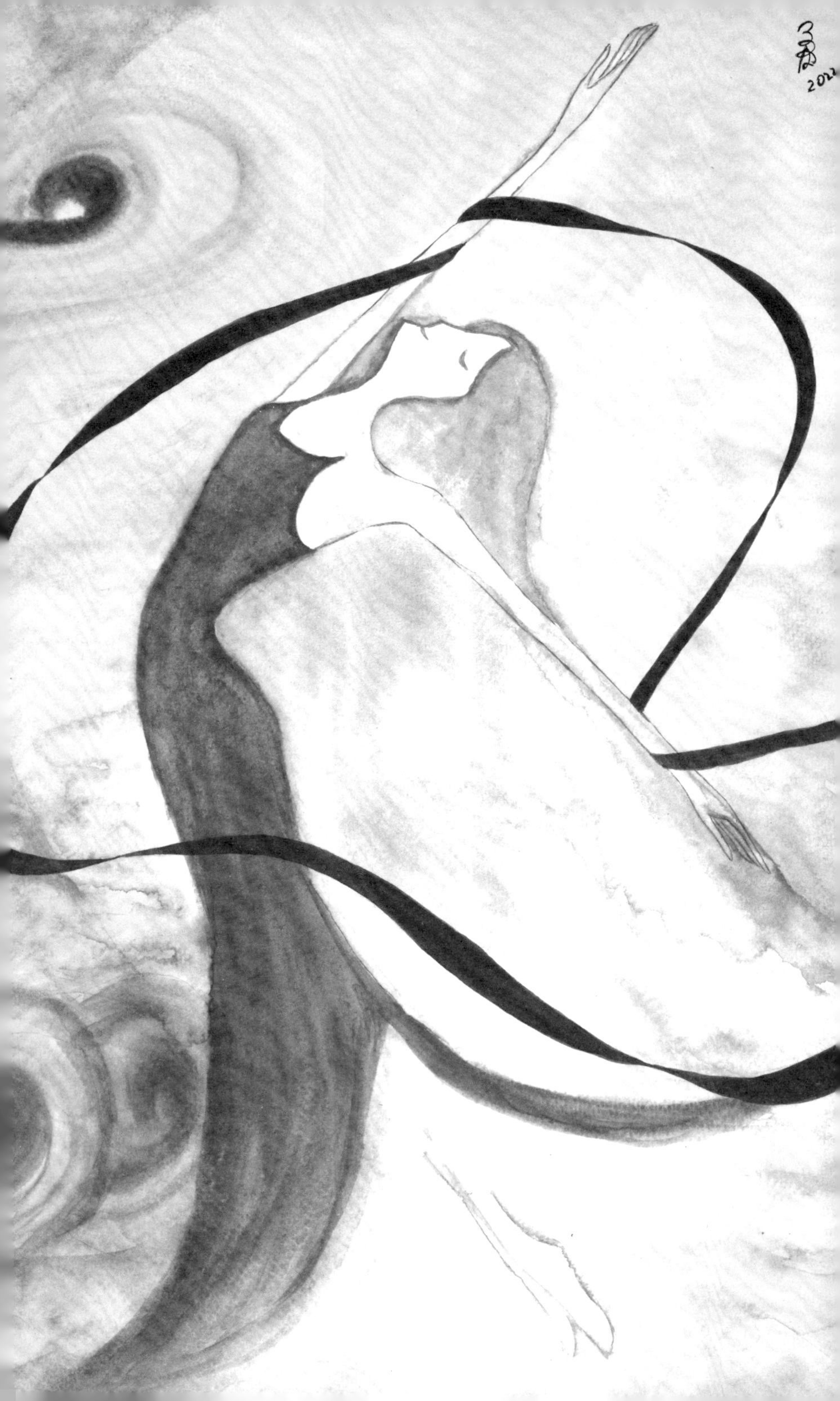

2022

2022

一封給穿着畢業袍在香港中文大學新亞書院水塔前留影的那個自己的信

親愛的：

妳好嗎？為了寫這本「紀念冊」，我翻看了舊照片，重遇穿着鵝黃色絲邊的黑色畢業袍在香港中文大學新亞書院水塔前留影的妳。

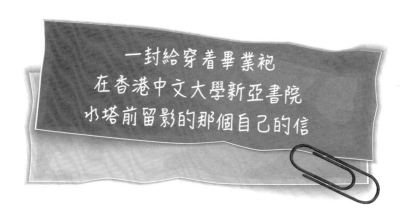

還記得，那一年，籠罩在薄霧裏的杜鵑花，開得真美。

相片中的妳很年輕啊！還記得妳寫了一篇叫做《年輕》的文章，投了稿，也刊登了。文中，妳說那個在創作方面被認為很有才華，很有張愛玲風格的同學，為了追隨愛情的感覺，決定退學，到國外留學，與所愛的人日夕相伴。那時候，當妳在為生活費、學費和家用擔憂，忙着做私人補習時，她卻有時在蘭桂芳喝着咖啡、寫着稿，有時在大學泳池旁的梯級上抽着煙，訴說着青春的哀愁……妳說，讓年輕給她一雙翅膀，讓她飛得更高，飛得更遠。妳說，雖然妳也年輕，但是必須腳踏實地走路，一步一步地走出自己的將來，因為妳沒有經濟後盾。

我記得妳寫完了那篇文章後，就決定放棄做作家的夢想，它成了妳大學年代投的最後一篇稿。除了因為經濟理由，也因為妳從那同學的身上，看見了自己所沒有的才情：妳從她的文章看見了優秀的文字駕馭能力和字裏行間不可捉摸、吸引人的情懷。

妳驚訝地發現，原來有才華的人，是藏不住那股才氣的。她才是妳幻想中的「作家」。

所以，妳自慚形穢地放下了做作家的夢想，妳從來都是一個有自知之明的人。我記得，在妳下定這個決心的那一個晚上，妳默默地看着窗外昏黃的街燈，在暗黑的房間裏，無聲地哭了。

可是，讓我告訴妳，妳可以不做世人眼中的「作家」，卻放不下創作的欲望，所以我還是寫出了自己喜愛的小說。因為我終於明白，即使賣不出去，即使沒有人欣賞，又有甚麼所謂呢？讓我告訴妳：我們有權孤芳自賞。

妳真傻，傻得可笑。妳為何要放棄呢？放棄了夢想後，一無所有的我們就只剩下不值一顧的軀殼，這豈不是更痛苦？世人眼中的條件和成果，跟我們的夢想有甚麼關係呢？我們的夢想是屬於我們的，只要可以天天與夢想共舞，就是實現了夢想。所謂風格，是作家靈魂的具體展現，是個人的，所以我們不可能像誰，也不必像誰，做自己就好了。當然，我們首先要虛心地向名家學習，多做練習，才可以慢慢地摸索出自己的路。這需要花漫長的日子，才有機會成功，但是妳一起步，就停步了，殘酷地剝奪了我的人生選擇權。

妳聽得懂嗎？妳聽不懂。因為妳仍然是那個在杜鵑花旁的小徑上漫步，假裝看得懂哲學書的年輕人。

但是，不要緊，因為我懂了，在還有時間去追夢的時刻。我也明白了，為何妳會輕易地放棄夢想：因為年輕，妳驕傲地以為還擁有很多，所以不留情地捨棄；因為無知，妳總是首先扔掉最珍貴的東西，讓自己抱憾。即使再提筆創作，我卻已經回不去從前，也不應該為了彌補從前的錯誤而失去「現在」。我只能夠寫符合現在這個年齡的情感、思想的作品，任憑屬於妳的情懷伴隨妳埋葬在荏苒時光裏。歲月增長了我們的智慧，讓我們更了解自己，可是失去了的，仍然是失去了。

我不是責怪妳。我根本沒有資格責怪妳，因為我也犯過很多錯誤。妳放棄了夢想，我則曾經把夢想寄託在其他人身上。不過，不要緊的。我倆只是凡人，而且自幼就要孤獨地開創不可知的前路，犯錯是很正常的，錯誤令我們成長。妳一直都勇敢地去面對無情的生活巨輪，努力地為明天的自己鋪出一條走向美好生活的小路。所以，我要謝謝妳為我付出的一切。每個選擇，都有原因；每個決定，都是當時認為最好的選擇，儘管在回望過去時，才驚覺可以做得更好。

畢業後，因為我倆生命中最重要的兩個人——蕭老師（一年級的班主任）及趙老師（六年級的班主任），所以妳選擇了做一位小學老師。作為一個未成年家庭照顧者，家人一向對妳嚴厲管控，但缺乏關懷。當年，妳住在「劏房」，沒有接受過幼稚園教育，在入讀那所被認為是專門接收「垃圾學生」的私立學校小一時，甚至連一個英文字母都不會。妳的成績很差，英文科更全部不及格，但蕭老師看着那些寫得整整齊齊的字，看見了妳的努力，於是溫柔地鼓勵妳說：「不要放棄，我相信妳一定會做得比別人好。」這句話，建立了妳的自尊心、自信心，讓妳從此更孜孜不倦地學習，並得到長足的進步。妳也因此獲得資助，三年級已不用交學費。但是，家人只希望妳盡快投身社會，掙錢養家，並跟一個合他們心意的男人結婚，改善家裏的經濟狀況。升中選校時，趙老師堅決地為妳向媽媽爭取，讓妳獲得報讀一所學術成績和校風比較好的中學的機會，妳因此沒有成為重男輕女觀念的犧牲品。妳無負兩位老師的期望，獲頒學校獎學金，更順利升讀大學，讓我可以在這個繁華的大都會裏，活出豐盛的人生。

我們努力地走了三十七年，才從「劏房女孩」走到「優秀教師」。我們收穫滿滿，但也付出了沉重的代價——病魔和死神都臨門了。當時，我覺得自己命不久矣，所以決定完成「遺作」，並辭去工作。我知道多慮的妳，一定會很擔心我的生計問題。妳不用憂慮，我有公積金，生活過得還可以，而且我的小說還找到了一些知音人。妳想不到吧！「山重水複疑無路，柳暗花明又一村」，上天原來為我們預備了另外一片天。

世事總是充滿了驚喜，我們總是遇上很多好人好事。所以，跟妳一樣，我的心裏也經常充滿喜樂和感恩。

這是我寫給妳的第一封信，也是最後一封信。因為妳屬於過去，下一刻，我也將成為歷史。然後，「她」會代替我步入「知天命」的人生階段，為我們開始譜寫新的章節。

時間的沙粒總是流走得很快，許多過去的事情都輕易地流逝，被遺忘掉。也許，人們因此才會希望在歲月裏留下一點真實存在的東西，以憑弔消逝了的虛浮時光。《時間精靈前傳》是我留給我們仨的一個可以觸摸的記憶，一片珍貴的時間碎片。

希望妳會喜歡。

祝

健康幸福

子君

二零二一年十一月十九日

作　　者	子君
封面作品	子君
內頁插圖	子君
書　　名	時間精靈前傳
校　　對	李嘉瑜
版面設計	黎素嫻
出　　版	超媒體出版有限公司
地　　址	新界荃灣柴灣角街 34-36 號萬達來工業中心 21 樓 2 室
出版計劃查詢	（852）3596 4296
電　　郵	info@easy-publish.org
網　　址	http://www.easy-publish.org
香港總經銷	聯合新零售（香港）有限公司
出版日期	2022 年 5 月
圖書分類	流行讀物
國際書號	978-988-8778-72-0
定　　價	HK$65

Printed and Published in Hong Kong